JN282094

メリメの『カルメン』はどのように作られているか

脱神話のための試論

末松 壽

九州大学出版会

目　次

序　論 1

第1章　語　り 5
　I. 構　造 5
　　1. 小説のコミュニケイション 5
　　2. 談話／説話 7
　　3. 「我われ」 12
　　4. システム 17
　II. 手　法 25
　　1. 時間性 26
　　2. 第 IV 章 28
　　3. 接　近 38

第2章　他異性 49
　I. 事　実 52
　II. 主題の網の目 55
　　1. 段階的構成 55
　　2. 「私」 58
　　3. ドン・ホセ 61
　　4. カルメン 63
　III. 未知なるものの既知への還元 67
　　1. 本文での処理 69
　　　　原語＋解説 (69)，原語＋即時翻訳 (72)，フランス語での命名・

記述 (74)
　2. 脚注での処理 76
　　　注釈とはなにか (78)，本文での原語＋注釈での翻訳・解説
　　　(82)，(本文)フランス語＋(脚注)翻訳・解説 (84)
　3. 処理ゼロ 85
　　　フランス語化した異語 (85)，固有名およびタイプの名 (85)，
　　　分るべきもの (86)，すでに説明されたもの (88)，「分らない」
　　　もの (90)
IV. 機　能 93
　1. 軽蔑 / 魅惑 94
　2. 疎外 / 自己断定 97
　3. 欺瞞 / 共犯 102

結　論 109

注　釈 113

参考文献 131

初出一覧 141

序　論

　知識というものはじつに膨大なもので，面識もなく読んだこともないのに，私たちは沢山の作家について多かれ少なかれ様々のことがらを知っているし，ある種の意見とか感情を抱いてすらいる。同じことは文学史上の流派とか運動，事件とかについてもいえる。学校教育，ジャーナリズム，他人との語らい，講演会，批評作品や書評，また他の文化現象（映画，演劇，音楽，美術，テレヴィジョン...）の媒介などの何によって形成されるものであれ，このような了解が知識としてのいわゆる「文学」の一部を成すことは認めざるを得ない事実であろう[1]。
　とりわけ，多くの人が，じかに触れたことはなくてもどんな物語なのか知っているし，名前を聞くだけで一つや二つの場面を連想することさえできるような作品や登場人物が少なからず在るという現象は注目すべきであろう。青ひげや桃太郎はいうにおよばず，ドン・フアンとかファウストなどは，もともとそれを編み出した特定の個人がいたとしても，作者から離れて文化共同体のなかを独り歩きする。近松や同時代の浄瑠璃を読んだことのないどれほどの人々が忠臣蔵を知っていることか。お伽噺とか寓話の登場人物と同じく，あるいはまたパンのみにて生きるのではない動物における金言や諺の運命にも似て，これらの人物は彼らについて語り書く者が多ければ多いほど，その人々に依存することは少なく，むしろそれだけいっそう自律的な生命を得ていくかのように見える。作者と同じように，彼らがそこにおいて現れた作品すら忘れられる。歴史・社会的なコンテクストから解放されるというべきか，あるいはむしろ常に新たな状況の中で引用され生きていくというべきか。こうしてドン・フアンはオイディプス，オルペウス...と同じ資格で神話の人物と

なる[2]。

　ここでとりあげるプロスペル・メリメ（Prosper Mérimée, 1803–1870）の『カルメン』（*Carmen*, 1845–1847）も似た境遇にある作品だといえる。じっさい，カルメンなる女は作品やその作者よりも有名で，この名をきく人は，やれ世の中を無視して情熱に生きる奔放な女だとか，やれ男の生活を破滅させる宿命の女だとか，あるいはまたおきまりの一輪の花を口にくわえた粋なジプシーを想像さえするだろう。ところで，この人物の神話化については，1875年3月に初演をみたメイヤック（H. Meilhac）とアレヴィ（L. Halévy）（台本）およびビゼ（G. Bizet）（音楽）の共作になるオペラ・コミックが決定的な役を果たしたことは周知のとおり[3]。当時パリのブルジョワジーが，道徳上の理由によるにせよ，政治的な理由によるにせよ（ミカエラの案出という制御を伴いながらも「自由」をうたうこの作品は，パリ・コミューヌの僅か4年後に制作されている）[4]，伝統からはずれたワグナー風の美学の故にであれ，それほどは歓迎しなかったこの作品――とはいえ，1875年6月3日のビゼの死までの3ヵ月間に33回の上演を見ている――は，同年秋ウイーンで喝采された後，ロマン・ロランやニーチェの賛辞とともに人気を得て[5]，今では，ひとりフランスのみならず世界のオペラにおける代表作の一つとなっていることは，上演やレコード，映画化の状況をみれば，誰でも納得する[6]。

　ところで，このような神話的なイメージはいかなる構造をもちいかに機能しているのか，したがって今日の私たちの生活意識にとっていかなる意味をもっているのか，またこの種の集団的な観念はどのようにして形成され消滅していくのか（ファウスト神話はいまもなお生きているのか）とかの解明は，エスカルピ風の文学の社会学にとって興味深いテーマであろう。なぜならそれは文学の「生き残り」の一つの形だからである。あるいはもっと大胆な逆説で，いわゆる「文明国」に応用された一種の文化人類学にとって挑戦的な主題であろう。けれども，こと文学，とりわけメリメの作品に魅せられた者にとっては，神話化はまたひとつの風化とも映る。実際そこに，あるファンたちにおける一種のこだわりが由来するかと思われるのである。「メリメの作品がこうして再び売り込

まれたとしても，残念なことに，それは依然としてビゼのオペラの陰に退いたままなのである」[7]。メリメ作品集の編集者はこう述べているのだが，我々としては更にもう一つ指摘することがある。それは，カルメンのイメージが慣例となった紋切り型をはめられて，オペラ作品の母胎からさえ離れて——これを知らない者でもオペラ『カルメン』の断章を口ずさむことはある——徘徊する時，作品の読みは免除されがちになるのみか，たとえ読みは行われても，単純化され歪められた既成のイメージがこの読みにつきまとい，それを条件づける予断として影響するおそれがある，という点である。読み手は，真っ白なタブラ・ラサの状態にはないからである。

　予断による読みの方向づけのはらむ危険を避けるためには，読者はもっている（と思っている）莫大な知識をできるだけ「括弧」にいれてテクストに帰らなければならない。早い話が，このいわゆる女性像こそ作品のただひとつの，でなくとも最重要の問題であるなどと思いこむ必要はない。そもそもカルメンは主人公なのか。

　多様な読み方はあるにせよ，まず何よりもテクストに対面した時の印象を拠りどころにしなければならない。というのも，印象を受けたということは，それなりの刺戟が他ならぬテクストに少なくともいくらかはあったということなのだから。もちろん，問題は，この印象そのものが必ずしも意識されない先入観によってはじめて知覚されるのかもしれないというところにある。けれども，そのことは文学研究にとって解決できない障碍にはならないと筆者は考える。というのも何故に，いかにしてあれこれの印象は私において形成されたのかといういわば自伝的夢想に入る——それ自体自己への絶大な関心をもつ者にとっては興味ぶかい試みで，創作の契機になるかもしれない——のではなく，むしろ反対に印象を発端として，刺戟をあたえた作品テクストの吟味に向かえばよいからである。それこそ文学研究の基本的な使命であろう[8]。作品に面したときまず何に気づくか，何に驚きそしてもしかしたら苛立つかという問いに出発点を定めるのである。それは何か。作品が書かれている言語，いわゆる能記（signifiants）にかかわる事実であり，テクストを組織する構成の特徴である。これを価値のない，あるいはむしろ余計な突き抜

けるべき窓ガラスと見做してはなるまい。それが何を指し示すかとか，何を意味するかとか，さらには「形而上学的」な誘惑にかられて何のためなのかとか問う前に，直接与件そのもののあり方をできるだけ完全に記述すべきなのである。我々がまず構成にみられる語りの手法を観察することから始める所以である。

第 1 章　語　り

> 文章を構成する諸関係はどれも，人間精神にとって主題をなす真実性と同じくらい有益で，もしかしたらそれよりももっと貴重な真実である。(ビュフォン)

I.　構　造

1.　小説のコミュニケイション

『カルメン』は4章で構成されている。初めの3章にあたる部分は1845年10月1日に「両世界誌」(*Revue des Deux Mondes*)に発表された。この時には章分けはなく，その代わりに点線があったという。終章は，1847年にミシェル・レヴィ社から公刊された『カルメン』——タイトル・ワークのほかに『アルセーヌ・ギヨ』(1844年3月初出)と『オーバン神父』(1846年2月)を収録——において追加される。この時に章の番号が入るが，第I章の点線だけは残る[1]。

さて，このような連辞構成をもつ作品を誰が話すのか。
まず大まかに言えば，物語は二人の発話者が分担している。I, II, IV章を語る話し手の「私」，そしてIII章を引き受けるドン・ホセである。けれども少し細かく見れば，さっそくいくつかの補足や是正が必要になることがわかる。そのことは説話学（ナラトロジー）の基礎的な概念をふりかえる機会になるだろう。
まず問題の第III章だが，これを導入する第II章終わりの移行（tran-

sition）と第 III 章の冒頭（incipit）はこうなっている。

> 　今からお読みいただく悲しい事件を私が知ったのは彼の口からなのです。/ III / 私は，と彼は言った。バスタン地方はエリソンドの町に生まれました。ドン・ホセ・リサッラベンゴアと申します。あなたはよくエスパニヤのことをご存知ですので... (II, III, 956)[2]

「彼は言った」という挿入句によって明らかなように，III 全体が，囚人である彼の発言を報告する引用として規定される。引用するのは他ならぬ「私」なのであるから，この章も厳密にいえば「私」——語り手でありそのまま文学上の慣習にしたがって書き手でもある——が枠をはめ統括するテクストである。けれども，ドン・ホセを三人称とする引用の標識はここで決定的に，だがさりげなく現れただけで，後は全体としてドン・ホセが私の名において話す。これを「彼」と呼んだ「私」の方はドン・ホセによって終始「あなた」と呼ばれることになる。書き手は聞き手つまり登場人物となって自らの設けた枠の中に入ってしまうのである。

　このことは，相関した別の問を提出する。話し手は誰に話すのかという問題である。話しかけられる者（allocutaire）[3] が誰であるかについては，第 III 章以外での「私」の発話の相手を明らかにすることが残っている。これは第 I 章をみれば分る。カエサルが紀元前 45 年 3 月 17 日，ポムペイウスの二人の息子およびラビエヌスと戦ったムンダの戦場はどこかという考古学上の問題について，「私」は一つの仮説を抱いていて，これを証明する論文をまもなく公にするつもりだという。そして，諧謔に導かれた次の件がくる。

> 　私の論文によって，ヨーロッパの全学界を宙吊りにしているこの地理学上の問題をついに解決することになるのをまちながら，私はあなた（方）に小さな物語をお話ししたいのです（je veux *vous* raconter une petite histoire）。(I, 937–938. 強調点および斜字体筆者)

この「あなた（方）」とは，「私」の話しかける相手であり，この物語の聞き手である。つまり，現実の読者を代理するために作品の中に呼びこまれた内在的な「読者」である。同じ「あなた」への話しかけは第 II 章に

も見られる（951）。

　こうして，バンヴェニスト以来よく知られた一つの原則を確認することができる。すなわち，あらゆる言表は二つの種類に分かたれること，である。

2. 談話 / 説話

　いま見た「あなた」への話しかけは談話（discours）を構成する。それは発話者の「私」およびそれが必然的に要請する話しかけられる者「あなた」の現前（présence. 以下「現在」という語も用いる）によって組織される現在時制を基調としたパロルである。それに対して，説話（récit）ないし物語（histoire. これは「歴史」をも意味する）は単純過去を基調として展開する[4]。上に見た予告につづいて説話が始まる。

　　ある日のこと，疲れはて，死ぬほど喉は渇き，灼熱の太陽にやかれてカ(ル)チェナ平野の高地をうろついていた時，私は見た（j'aperçus）。（938. 括弧筆者）

書き手はしかし予告に先立つテクストのなかでも，すでに一度だけ説話の時制を用いて，1830年の初秋アンダルシヤにいて，「まだ残っていた疑念をはらすためにかなり長い遠出をした（je fis）」（937）と書いていた。つまり実は「物語」はすでに始まりかけていたのである。談話と説話の区別は第III章においても変らない。ドン・ホセは自分の身の上を単純過去で語りつつ，それを聞いている「私」に宛てて談話をはさむことを忘れないからである。先に見たIII章を開く言表が，現在時制（と複合過去）および「あなた」への話しかけという標識によって談話に属することは明らかである。しかし端的な説話にはいった後でも，彼は再三にわたって，もう一方の言表に属する発言を入れていく。最初の例を読もう。

　　…不幸なことに，わたしはセヴィリヤのタバコ工場の歩哨に立たされました。もしセヴィリヤに行かれたことがおありでしたら，貴下は，城壁の外，グァダルキヴィル河そばにあるあの大きな建物をごらんになったでしょう。（III, 956）

まもなく我々は同一の文の中で談話と説話とが混じり合う奇妙な例にも出会うだろう。

しかし，上のパラグラフで参照した二つの文章はバンヴェニストの原則に一見して反するかとおもわれる事実をふくんでいる。というのは言語学者は，「厳格に遂行される歴史（＝物語）的な説話には，「三人称」の形しか認められないであろう」[5)]と述べているのである。ところが，引用文はいずれも，一人称を単純過去で用いている（j'*aperçus* ...；je *fis* ...）。そして，その双方において説話行為が「厳格に」なされることに変わりはない。これをどう考えようか。確かに，純粋の歴史記述においては，カエサルからシャルル・ドゴールにいたるまで三人称が必須であろう。「私」が他ならぬカエサルの書を携帯して旅をする事実のよしみで，ここで一つ脱線をしておこう。『ガリア戦記』が，戦役の主役である総督の行為を固有名で，したがってまた動詞の語形が表現する三人称で記述することはよく知られている。この形は発端状況の説明に続く部分に最初の出現をみる。

> 彼らが我々の属州をとおって進む準備をしていることがカエサルに知らされた（nuntiatum esset）ので，彼は急遽，都を発つ（maturat）。できるかぎり大きな行程でガリア・トランサルピアに向かう（contendit）。そしてゲヌアに到着する（peruenit）。全属州にできるだけ多くの兵をあげることを命じ（imperat）（それは，ガリア・トランサルピア全体で一軍団あった（erat）），ゲヌアに架かっていた（erat）橋を落とすことを命ずる（iubet）[6)]。

一貫して用いられている動詞の現在形は，従属節や挿入句の未完了過去（esset, erat）との併用からわかるように，過去形を代用する現在形，文字どおりの歴史的現在である。もちろん，依然として三人称での完了過去（単純過去に匹敵する）は10行後には現れる。すなわち，

> しかし彼は，命じておいた兵士たちが集合する時間の猶予をかせぐために，考える時間をとる旨，使者たちに返答した（respondit）。(I, vii, 6, p. 7)

けれども，小説ジャンルの言語において頻繁に一人称が用いられることは周知の事実である[7)]。単純過去が説話を特徴づけるという規定に関し

ても，明確にしなければならない点はある。作品における説話行為は，統括的な語り手のそれにつきるわけではない。章の内部には登場人物がおこなう説話が見られる。たとえば第 III 章では，葉巻工場で刃傷沙汰におよんで逮捕されたカルメンが，彼女を引いていく伍長にむかってまことしやかに自分の身の上と事件の経過を話すし，また密輸グループに入って生きることになったドン・ホセが，自分の恋人になった女に実は夫がいて，彼女がこれを徒刑場から逃亡させた経緯を知ることになるル・ダンカイールの短い語りもある。これらの語りは，先にのべた語りとレヴェルを異にすることは言うまでもないが，更に言語上の特徴によって明確に識別される。というのは，それは時制として現在形ないし複合過去を基調にしているのである。それに対して枠となる上位の説話は，I 章から III 章まですべて単純過去による語りである。確認のためにこれら内部の語りを導入する箇所を見よう。

　　「あたしエチャラールの出なの（je suis d'Etchalar）」と彼女は言った（dit-elle），（...）「ボヘミア人たちに連れられて（j'ai été emmenée）セヴィリヤに来たの」。(960)
　　「何だって，夫だって！　じゃ，あれは結婚しているのか」とわたしはかしらに訊ねた（demandai-je）。「そうだ，と彼は答えた（répondit-il），あれと同じようにすばしっこい片目のガルシアとだ。可哀そうに，懲役に行ってたのだ。カルメンが牢獄の医者をうまく丸めこんだ（Carmen a si bien embobeliné）ので...」(974)

ごらんのように，言った，訊ねた，答えたという行為が単純過去（一人称の例もある）で記述されるのに対して，説話の枠をはめられた発言そのものは，半過去形を別にすれば現在形または複合過去で表現されている。そしてこれらを説話とよばない法はあるまい。

　このような一人称単純過去そしてまた複合過去による説話は，いささかハードで狭い言語学者の規定に反する事実である。この問題を考えなければならない。まず一人称については，例外がある意味で原則を再確認することになるだろう。談話における「私」の意味との対照によって，説話における「私」の特殊性が明らかになるからである。
　タバコ・マニュファクチュアについてのドン・ホセの説明の続きは「わ

たしには今でもあの扉とすぐそばの衛兵詰所が目にみえるようです」(III, 956) となっている。この「私」は，過去に位置する説話の主人公と区別される。というのは「今でも」(encore) というのがその指標なのだが，談話の一人称は，いま・ここの「私」——発話主体であり同時に「について話される」主題でもある——を示すからである。談話についてバンヴェニストは，「一・二人称においては，連座する人と同時にこの人についての言説がある」と書いている（引用書，p. 228）。同じことをギヨームはこう解説する。

  「私」はたしかに話す人である。だが注意しよう。話す「私」は自分自身について話す。「あなた」はたしかに，にむけて話される人である。しかしこれは，また注意しよう，自分のことに関して話しかけられる人である[8]。

こうして「私」は二重の「身分」をもつことが分る。ギヨームにならって図示しよう[9]。

$$\text{私} = \frac{\text{話される人}}{\text{一人称}} \Rightarrow \Leftarrow \frac{\text{話される人}}{\text{二人称}} = \text{あなた}$$

談話の「私」は発話の時間・空間を規定するここ・いまの，従って発話主体と重なった指示対象について話す。そしてこのとき「私」/「あなた」は可逆的である（図の矢印でそれを示す）。後者は前者を「あなた」と呼んで自ら発話者「私」となりうるからである[10]。

 カルメンの身の上話における「私」についても全く同じである。ル・ダンカイールの語りには一人称は現れないものの，それでもいま・ここにいる話者の主観性は判断（すばしこい，可哀そうに）の形で現れているし，そのすぐ後には感嘆や推定も続く。

 これとの対比で，説話の主人公の「私」を規定することができる。この一人称で語られる「私」は発話の時と場所にいない。これは離在者 (absent) である。しかし，そこにいない者についての説話を行う「私」は無論いる。だがこの「私」は隠れている。もしそれがひとたび発言者として姿を現すならば，つまり自己をいま発話するかぎりにおける「私」

第1章 語り   11

として指すならば，それは談話の「私」となってしまう。この無いものとして在る説話者の「私」と指示対象としての「私」とは，時間・空間において同一ではない。その限りにおいて，純然たる説話に現れる一人称はじつは「三人称」の等価物として理解しなければならない。ギヨームの式を再び用いれば，説話における「私」の構造は次のようになる[11]。

$$私 = \frac{話される人}{（一人称）} \qquad Cf. 彼 = \frac{話される人}{（言語人称なし）}$$

要するに「私」が出現するとしても，それはもっぱら話される者としてである。

けれども，説話を特徴づけるもう一つの規定については，バンヴェニストの命題には緩和ないし柔軟化をもたらすことが必要になると思われる。すでに我々が知っているように，発話者が主題としての自己と時空的に重なる物語，聴き手にむけて行う語り，現在形や複合過去（そして場合によっては未来形）を基調とする語りがあるからである。つまり，談話によるもしくは談話としての説話行為である。このことは，バンヴェニスト自身も，小説作家はという限定をつけつつ注釈している。有名な一例がカミュの『異邦人』である。それゆえ彼はいう。

　　…統計をとれば，全体として完了形（＝複合過去）で書かれた歴史的説話が稀なことは一目瞭然となるであろう。（p. 244. 括弧筆者）

テクストになった説話についてならば，なるほど言語学者のいうとおりである。しかし，日常会話における説話がけっして珍しい現象ではないことを忘れてはなるまい。そしてそれが，カルメンやル・ダンカイールの語りを説明するのである。

それゆえ，複合過去と単純過去の使い分けは，イタリア語文法の用語である「近過去」/「遠過去」が想像させかねないように，発話の時との時間的な距離の大小によってきまるわけではない。III章を開始する「エリソンドに生まれた」という複合過去で述べられる事件は，このバスク人の身の上におこる単純過去で表明される事件のすべてに先立つ。二つの過去時制の使い分けは，指示対象にたいする物理的ではなく心理的あ

るいは実存的な距離によって規定される。複合過去（完了形）による説話はすぐれて「自伝的な」（虚構自伝のこともある）表現なのである。バンヴェニストはいう。

> 完了形は過去の事件とその想起がなされる現在とのあいだに生きた絆をうちたてる。これは証人として参加者として事実を報告する者の時制である。（p. 224）

3. 「我われ」

一人称複数（nous, 我われ）の問題が残っている。煩瑣な議論になるが、これを検討しないわけにはいかない。

「我われ」の文法的な意味は、バンヴェニストが示したように二つに分かれる。それは、優位にたつ「私」とそれに服する「私ではないもの」との結合であって、この後者が二人称である場合と三人称である場合があるからである。すなわち前者は二人称を包括する「我われ」であり、後者はこれを排除する「我われ」である[12]。言語学者はこれら二つの意味に応じて二つの異なる動詞の活用形を有する言語がいくらでもあることを示しているのだが、ここでは以上の意味の識別で十分である。ところで、小説を扱う場合にはもう一つの二項区分をもちこむ必要がある。もちろん談話／説話のそれである。けれども分析の道具はまだ十分に精緻ではない。それは『カルメン』における「我われ」の最初の使用例を見ればわかる。

> ガイドはその間、あまり食べず、ほとんど飲まず、話すことは全くなかった。私たちの旅の初めから、これが無類のお喋りだということは分っていたのに。（I, 941. 強調筆者）

端的な説話であるいわゆる地の文で「私」がガイド（三人称）をふくめて用いるこの「我われ」は、物語がガイドにではなく、現れてはいない「読者」の「あなた」に宛てられている限りにおいて、談話レヴェルの排除的な「我われ」に匹敵する。それに対して説話内での談話、登場人物たちの会話は、「書き手」――「読み手」のコミュニケイション回路には

けっして関与しない。説話時空の枠から出ることはないからである。それゆえ，説話についてはその内部に地の文とセリフを識別しなければならないことになる。

これら三つの二項対立，排除/包括，説話/(地の文/セリフ)//談話を組み合わせれば，理論的には少なくとも次のような場合が可能になる。

1. 登場人物（ドン・ホセおよび「私」をふくむ）の発するセリフにおける，
   ① 排除的な「我われ」。ある登場人物が別の登場人物に話しかけながらこれを除いて形成する「我われ」である。
   ② 包括的な「我われ」。ある登場人物が別の登場人物に話しかけながらこれを含めて形成する。
2. 第III章の語り手であるドン・ホセの言表（説話および談話）における，
   ③ 排除的な「我われ」。ドン・ホセが「私」を除いて「私」に宛てて発する「我われ」である。
   ④ 包括的な「我われ」。同じく彼が「私」を含めて「私」に宛てて発する「我われ」。
3. 上位レヴェルに位置する語り手「私」の言表の場合。これは作品内の「読者」に宛てられるのであるから，包括もしくは排除は「読者」との関係でのみ問われる。考えられるのは以下の場合である。
   ⑤ 説話における排除的「我われ」
   ⑥ 説話における包括的「我われ」
   ⑦ 談話における排除的「我われ」
   ⑧ 談話における包括的「我われ」

では『カルメン』の最初の3章は（第IV章は別に検討する），どのような一人称複数を形成するのか。調査の結果を報告する（以下，例の指示において最初に挙げるのは発話者を，箇所は最初の生起をしめす）。
① 登場人物のセリフには排除的な「我われ」は数少ない。あるドミニコ会士＋その同僚たち（もちろん三人称）(II, 953)。登場人物の「私」が二人称。この神父だけは短い会話のなかで再三にわたって彼の所属する

団体を「我われ」として際立たせる（954. 4回）。他にはドン・ホセ＋ガルシア（III, 980）。対話者はカルメン。ル・ダンカイールが対話者となった同様の例（981）もある。これで全てである。

② 逆に彼らは頻繁に様々の組合せで包括的な「我われ」の世界を構成する。ドン・ホセ＋「私」（もちろん二人称）（I, 941），「私」＋ガイド（945），ドン・ホセ＋カルメン（III, 960），その逆（965），ル・ダンカイール＋密輸グループ（973），ドン・ホセ＋ル・ダンカイール（981），その逆（981）...奇妙な例をひとつ注記しよう。ドン・ホセの感傷に訴えるためにバスク出身を装うカルメンのセリフである。

　　あのあばずれ達はみんなあたしに向かってきたの。あたし達の国の青いベレー帽をかぶってマキラをもつ男の子なら，短刀をもったセヴィリヤの法螺吹きなんかにはびくともしませんよって，あたしが言ってやったものだから。（III, 960–961. 強調筆者）

この一人称複数（chez nous）はカルメン＋ドン・ホセ（＋同国人）を内容としているのだが，実際には発言者は嘘をついているのであって，カルメンはバスク人ではないのだからそういう「国」など存在しない[13]。それでもこの祖国がバスク人の胸をゆさぶることに変わりはない。

　以上二つのケースでは，「読者」は排除されているというよりむしろ問題にならない。登場人物は登場人物である限りにおいて説話空間の境界をまたぐことはなく，したがって「書き手」——「読み手」のコミュニケイション回路には介入しないからである。

③ 語り手としてのドン・ホセは様々の組合せによる「我われ」を形成する。彼自身に加えて，同国人（一般，その一人）（III, 956, 960...），衛兵たち（958），カルメン（960），カルメンおよび二人の竜騎兵（959），二人の竜騎兵（961），連隊（970），密輸団（972），ル・ダンカイール（973）...が形成に参与する。これらの非我要素はいずれも三人称で呼ばれ，二人称の「私」は排除されている。最初に挙げた例については一言の解説が必要である。ドン・ホセは言う。

　　わたしはポーム競技に熱をあげ過ぎました。それが身の破滅をまねいたのです。私たちナヴァール人はポームをやるときには何もかも忘れて

しまうのです。(強調筆者)

談話を規定する現在形と複合過去（c'est ce qui m'a perdu）の使用とともに、「他ならぬ私たち」(nous autres Navarrais) というドン・ホセの口癖が出現している。この反復される表現（他に963, 970参照）によって、彼にとっての真の共同体とは、放浪の異郷にあって想う母の住む土地をおいて他にはないのだと推測することができる。ちなみにこの種の口癖をもつのは、ドン・ホセをのぞけば ① で指摘したドミニコ会士しか居ない。両者はレヴェルを跨いで呼応する相似的形象である。

④ 逆に、話し手と聞き手の間の共同性の標識となる包括的「我われ」は一度だけ見出される。これがその例である。

> その頃のことです。わたしが貴下に出会いましたのは。最初はモンティリヤの近くでした。その後コルドヴァで。このわたし達の二度目の出会いのことはお話ししますまい。(984. 強調筆者)

古典的な説話を規定する単純過去での「出会った」(je vous rencontrai) に続いて、談話を特徴づける未来形 (je ne vous parlerai pas) が出て来る。この談話が説話についてのメタテクストであるように、「出会い」もまた過去の事件を思い出させる。「私」は聞き手から登場人物へと、そして読者もまた結局のところ第Ⅱ章の説話へと送りかえされる（この点は作品の時間性の観点からまた後に触れる）。

以上 ③④ においても、「読者」は関与しない。説話内の住人であるドン・ホセが発する言表は「私」との伝達回路を逸脱することはないからである。

⑤ 上位レヴェルの語り手「私」のおこなう説話における排除的「我われ」、つまり「読者」を包含しない一人称複数はかなり頻繁な出現を見る。もちろん三人称の非我要素も様々である。すなわちガイド (I, 941. 3回)、ドン・ホセ (941)、ドン・ホセ＋ガイド (941) そしてカルメン (II, 949. 3回) を挙げることができる。

⑥⑦⑧ は理論的には考えられたけれども、実際にはテクストで問題になることはない。語り手「私」は、全体として設定された「読者」である「あなた（方）」に向けて語っていくのであるが、あたかもこれが不

在であるかのように，一貫してこれと没交渉で話しをすすめるからである。「私」は第Ⅰ章において語りの相手（narrataire）を二人称で指呼したあと，第Ⅱ章ではまったくこれに話しかけることはない。章末尾の説話を作中人物にゆだねる言葉「今からお読みいただく悲しい事件...」（Ⅱ, 956）においては，「私」は古典的な儀礼に従って「あなた（方）」に代えて《On》を用いる。「読者」の影はさらに薄くなる。そして第Ⅲ章においては，「私」は聞き手となってまったく受動的に拝聴するのみで，口を利くことすらない。

　以上の調査を通じて，ある奇妙な事実が浮かびあがることに気づく。一方で登場人物たちはいとも簡単に「我われ」の関係を結ぶ。話しかけられる者の排除①は，端役にすぎないドミニコ会士を別にすればほんの2回だけ現れる。他方その包括②は多い。ところが，語り手たちの言表に移るや，まずドン・ホセの場合には聞き手の事実上の排除が目立ち③，包括はただ一度しか見られない④。いずれにしろ「読者」は関与しない。最後の大枠としての「私」の語りにおいても，「読者」は「我われ」の構成から排除される⑤か，もしくはまったく関与しない存在となる。説話者および書き手が聞き手ないし「読者」との間にとる関係の淡白さは明らかである。これはバンヴェニストが言うように，純粋の説話がもつ無人称という性格に由来するのであろうか。それだけではあるまい。なぜかといえば，無人称性への対抗措置として，語り手は頻繁に談話を行うからである。そしてそこでの「あなた」への頓呼は数知れないのだから（Ⅰ, 938; Ⅱ, 951. 5回; Ⅲ, 956. 6回...）。にもかかわらず，一方のドン・ホセが聞き手との間に「我われ」を形成するのはただ一度しかなく④，圧倒的に多いのはこれを除外するケース③である。他方の「私」は，登場人物としてなら馴れなれしく他人と交わる。ガイドとは「仲良し」として別れた（Ⅰ, 947）し，2度目に会ったドン・ホセは早速に「わが友」（mon ami）である（Ⅱ, 952）[14]。その人懐っこさのおかげでおそらく「読者」は，そしてこれを通じて私たちもまた容易に物語に共感することができる。ところが語り手「私」の「読者」への振舞いは極めてよそよそしい。「私」は「読者」を排除することはないが，包括的

な絆を結ぶこともまた決してない。まるで語り手の辞書には「我われ」という語は無いかのように。要するに「私」は現実の読者との連帯を拒否するのである。一体どういうことであろうか。作者のいわゆる性格や思想という外在的な理由を言い立てても虚しかろう。それではもう一方の「私」の交際好きを説明できないのである。問題は二重の「私」の間にある相反性にある。それは恐らく，作品が提示する世界の在り方，登場人物たちが読者にとっていかなる人々なのかということに関わるのではないかとの予感を筆者は抱いているのだが，今はただこの事実を確認しておくにとどめよう。

4. システム

さてこれまで瞥見してきたことの一つ，『カルメン』における言説生成の機構は次の見取り図に描くことができる。

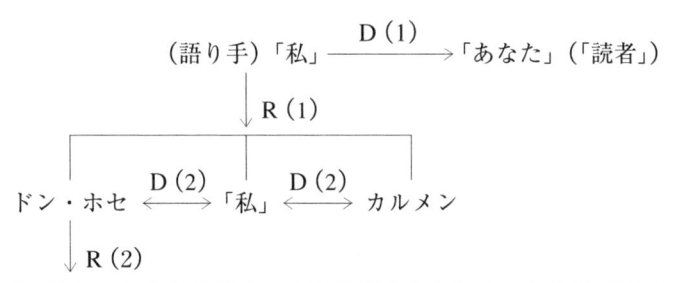

$$
\begin{array}{c}
\text{(語り手)}\,\lceil 私 \rfloor \xrightarrow{\ D(1)\ } \lceil あなた \rfloor\,(\lceil 読者 \rfloor) \\
\Big\downarrow R(1) \\
\text{ドン・ホセ} \xleftarrow{D(2)} \lceil 私 \rfloor \xleftarrow{D(2)} \text{カルメン} \\
\Big\downarrow R(2)
\end{array}
$$

（図においてDは談話を，Rは説話をあらわす。Rの矢印は発出の，Dのそれは話しかけをしめす）

このシステムにおいて，D(1)，R(1)，D(2)はⅠ，Ⅱ（およびⅣ）章に，R(2)はⅢ章に対応する。なおR(2)内部での登場人物たちの数多いやりとり（談話。D(3)と表記できる）は省いている。これまで我々は，R(2)がR(1)内での引用であること，そしていずれの説話においても主体は隠れていて，もし姿を現すならそのとたんに言表は談話にかわること，最後にR(2)では，R(1)の担当者が「読者」の代役をはたすことを見てきた。

同様の系統図は他の小説についても描くことができる。説話と談話と

が混在する小説はざらにあるし，説話の中に別の説話が塡めこまれた作品も稀ではない。たとえばディドロの『運命論者ジャックとその主人』(1778–)はこれら二つの特徴を兼ねそなえている。けれども『カルメン』との相違がいくつかある。第一にそこではD (1) の「読者」がまず発言し，それに「語り手」が答えることで小説――あるいはむしろ「反小説」――がはじまる事実である。有名な書出しを思いだそう。

「その人たちはどのようにして出会ったのですか」
「みんなと同じように偶然に」
「その人たちは何という名前でしたか」
「それがあなたにとって何の関わりがありますか」
「どこから来ていたのですか」
「いちばん近いところからです」
「どこに行っていたのですか」
「自分がどこに行くのか分るものでしょうか」
「何を話していたのですか」
「主人は何も言ってはいなかった。ジャックは，彼の大尉はいつも，この世におこる良いこと悪いことの全ては天上に書かれていると言ったものだと言っていた」[15]

ところが『カルメン』においては，「読者」はもちろん，「私」がドン・ホセと面談するという理由でもっと具体的な談話状況をもつ第III章でも，聞き手は意見や感想をもらすことはおろか，一言の質問すらしない。「私」／「あなた」の可逆性は実現しないのである。さらにディドロにおいては「私」はほぼ純粋な発話者として現在する。ただ，ジャックらの物語を伝えるのではなく，例外的に自ら挿話をさしはさむ時に（例えばポンディシェリーの詩人の話，同書，pp. 56–58)，これがどうやら文芸に従事する人であることが判る。それゆえ『ジャック』では，表層に「私」――「あなた」の談話，次にジャックと主人の旅の話（ここに二人の談話も入る），そして深層に宿の女主人によるポムレ夫人の復讐譚やジャックの語る恋の物語があって，それらがほぼ全体を組織する。ところが『カルメン』においては，「私」は特定の資質，身分なり職業をもっていることが発端から知られる。というのは，「私」はカエサルの戦いの故事を研究していて，論文を発表する意図を表明しているからである。これは地

理学（「私は地理学者たちが自分たちの言っていることを知らないのではないかといつも疑ってきた」, I, 937），歴史学，端的には考古学の少なくとも愛好者である（940, 947）。彼はカエサルの書を携えての現地調査はもちろん文献調査（オスナ公の蔵書，937；コルドヴァのドミニコ会の図書室，II, 948, 953–954）も行なっている。更にこの人物は，第 IV 章においてはまた別の領域，ボヘミア人たちにかかわるその言語をふくむ民族学の研究家であることを明かす。ここでもフィールド・ワークや資料調査への言及がみられる。この学者が「小さな物語」を語り始めるのであった。

　もうひとつ「私」の重複性という相違がある。ディドロでは，語り手の「私」はたまたま一種の登場人物になって先に挙げた逸話において詩人と対話することを除けば，一貫して話し（談話）語る（説話）ことをその役目としている。ところが一人称小説である『カルメン』においては，「私」は話し語る者でありつつ，同時に説話内での正真正銘の登場人物でもある。つまり彼は証人なのである。そのことは物語の真実らしさを保証し，読者を説得するうえで有効であろう。

　むしろ『カルメン』はアベ・プレヴォの『マノン・レスコオ』に近い。もちろんここでは，挿話の一致（例えば新大陸への言及，III, 983, 985）や筋構成の照応あるいは文学史がいたく関心を示してきた登場人物のいわゆる性格などの類似をではなく[16]，作品の形式ないし手法における類似を問題にしているのである。『ある貴人の回想と冒険談』の第 7 巻（最終巻）を構成するこの作品の冒頭において，語り手「私」は，アメリカ大陸に追放される女たちの一人マノンとそれについてきた若者デ・グリウにパッシーで出会った経緯を単純過去で語る[17]。すなわち「私」もまた登場人物である。そして 2 年後，カレーの町で新大陸から戻ってきたデ・グリウに再会し，これが自分の「生涯の話」を「私」に語る（p. 367）。説話の機構に関して異なるところはないのだが，『カルメン』の I および II に対応する部分が『マノン』ではごく短く，4 段落に過ぎない。そして「私」がデ・グリウの生活に介入することもほとんどない。冒頭での出会いとそこでの援助，これに尽きる。以上ふたつの量的な差異が，ひるがえって『カルメン』の特徴を示している。実際この作品で

は，作中人物「私」のドン・ホセやカルメンとの交渉をのべる説話部分が相対的に大きい。I, II はプレイヤッド版で 19 頁を数える。それに対して III は 33 頁をしめる。なお IV は 6 頁である。

　以上の比較によって，語り手に注目した場合の小説の形式について次のようなタイプ区分が可能になる。すなわち，

　　A．語り手「私」の潜在　　　　　　　　　　…三人称小説
　　B．語り手「私」の顕在
　　C．語り手「私」の顕在 + 登場人物「私」の現在 …一人称小説

A と B との差異は語り手「私」の潜在 / 顕在にあり，B と C とのそれは登場人物「私」の不在 / 現在にある。けれども，A と B とは登場人物「私」の不在において共通し，それが現れる C と区別され，他方 B と C とは語り手「私」の顕在において共通し，それが顕在しない A から識別される。つまり B は中間形態である。『ジャック』はほぼ全体として B に属し，『マノン』や『カルメン』は C に属する。

　あまり類をみない二人称小説は，これらのいずれでもありうるように思われる。ビュトールの『心がわり』[18]では一人称はまず顕在しない（A タイプ）。けれども，一貫して現れる「あなた」への頓呼はこの作品の基調をなす複合過去時制とともに談話の特徴であり，それに「あなた」と発するのは「私」以外ではあり得ないのであるから，この「あなた」は注意深く隠れていて決して自己参照をしない「私」を逆に常に表示している（B）ように思われる。けれどもとりわけ「あなた」の意識をめぐってこの話しかけが行われる時には，「あなた」は「私」の単なる置き換え，つまり内的独白，あえて言えば超自我の発言にすぎない印象（C）もあたえる。この曖昧さは『心がわり』が惹き起こす独特の異様な感じ，一種の気まずさを説明するかと思われる。

　因みに，あらゆる人称を用いて多彩なエクリチュールを織りあげる法月綸太郎の『二の悲劇』[19]は，この問題に一つの手のこんだ解決をもたらす。実際，作者はエラリー・クイーンとともにビュトールを念頭においていた。そこでの二人称は，「もう一人の自分」（alter ego）である亡き双子の兄へと自己を疎外し，自らの生を不在の生に置き換えることに

よってもう一人の自分になろうと企てる自己欺瞞の言語だからである。「きみ」と発していた人物は「ぼく」にもどって語る（C）にいたる。こうして作者は事件の真相をあかすと同時に二人称言表の謎も解く。二人称による文章のまとうある種の叙情性は，この存在しない生への擬態に由来する。法月の二人称は不在の「あなた」への頓呼を組織的に開発した一人称形式の変異体であって，これにはいくつかの先例もある[20]。

　ところでCにおける「私」の二重性とは，「私」が語る人（personne）でありかつ同時に特定の資質や身分などをもった人格（personnalité）であるという重複性にほかならない。それに対してBでは人だけが現在していて，人格はそこにない。そして人としても人格としても「私」が現れないAこそが，バンヴェニストの模範となった歴史記述にもっとも近い純粋の説話ということになる。それゆえ，小説説話の構成にとって人としての「私」はより優れて本質的な要因であって，人格としての「私」の方はより偶有的なものであると予想することができる。人は語り手という機能以外の人格なしにすますことはできる（B）が，人格は人なくしてはありえない（C）からである。もっともAの形が存在する以上，「私」をもって必須の要因とすることはできない。むしろ「人」は現れる限りにおいて語り手としては不変で，他方の人格の方は可変的であると言うべきであろう。

　この推定は，例えばメリメの初期短編集『モザイク』（1833年）によって確認することができる。そこに収録された主な作品[21]を上の分類にあてはめれば次のようになる。

A. 『フェデリゴ』（初出1829年）——ナポリの民話に取材した物語で，「昔々あるところに」（Il y avait une fois ...）（TRN, 501）で始まる。もちろん昔話では「私」は介入しない。

B. 『シャルル11世の幻視』（1829年）——記録文書を読む「私」（TRN, 465）は一種の歴史家といえよう。『タマンゴ』（1829年）における「私」の介入は独特の傾向をもつ。①「なぜかしら」（480），②「（と思う）」（481），③「いずれかは知らないが」（483），④「私は知らない」（486），⑤「なんで私が描写によって読者を煩わせようか」（497），⑥「どれほど

経ってかは知らないが」(498)。これが「私」の生起の全てであるが，ほぼすべて否定文である。このうち①③⑥は「私」が主語となった成句にすぎず，ただ一つ肯定文の②は括弧に入った挿入句であって，遠慮深いコメントにすぎない。④も挿入句であり，⑤は「読者」を頓呼しない。こうして「私」は現れているけれども，真の談話状況は成立していない。「エスパニヤ語からの模倣」とされる掌篇『トレドの真珠』(1833年?)は「バラード」(民間伝承詩)もしくはロマンセロの趣をもつ。語句の反復や偶数音節の多用が目立ち，さらに第一パラグラフの一部分にはアレクサンドラン詩句さえ出現する。すなわち，

> Qui me dira quelle est la plus belle des femmes?
> Je vous dirai quelle est la plus belle des femmes:
> C'est Aurore de Vargas, la perle de Tolède[22]。
> 誰が私に教えてくれる，いちばん綺麗な女は誰か
> 私があなたに教えてあげる，いちばん綺麗な女は誰か
> それはオロラ・デ・ヴァルガス，トレドの真珠。

つまりこの物語における「私」はギター(もしくはマンドリン)を弾いて唄う歌い手として自己規定するのである。『エトルリアの壺』(1830年)では「私」は自らを《 historien 》(513)と呼んでいるが，それはほとんど「語り手」位の意味に近いと思われる。
C. 『堡塁奪取』(1829年)——「私」は書き手(473)であって，ある軍人が一人称で語った話を報告する(『カルメン』第 III 章と同じ形式)。『マテオ・ファルコーネ』(1829年)——「私」は旅人(452)で，事件から二年後に主人公に会った。物語は三人称で書かれている。『双六一番』(1830年)——旅行者の「私」(563)に船長が一人称で話す(『堡塁奪取』と同じ手法)。

　上の目録からいくつかのことが明らかになる。
(1) まずメリメはあらゆるタイプの物語を試みていることである。ただし純粋に無人称の説話(A)はごく少ない。作家は語り手としての介入を好むのである。
(2) Cタイプにおいては「私」は登場人物ともなるのだから確かに人格

をもつ（『堡塁奪取』はやや例外）。それどころか「私」の人格性はBにも侵入する傾向を示す。抽象的な語り手の「私」はBに属する作品のうち『タマンゴ』に見られるだけである。

(3) この人格ないし資質はさまざまである。少なくとも書き手と暗黙に重なった一種の歴史家，歌い手，旅行者が暗示される。それゆえこの展望から推論すれば，『カルメン』を語る「私」は，語り手としては他の作品にも共通する不変態であるが，その考古学者とか人類学者であるという人格の特殊性は変異態として規定することができる。

(4) 最後に「私」が登場人物になる場合（C）には，説話は単純過去で遂行され従って独自の時間と空間を有するのだが，この時空は続いて展開する主要な物語のそれとは無関係である。つまり後者は聞き手の「私」が書き手となって記録したものにすぎない。登場人物でありながら，「私」が事件そのものの中に現れて話題となる人々と交わることはなく，二重の物語は次元を異にしているのである。そのことは逆に『カルメン』の独特の構成を浮彫りにする。『ジャック』や『マノン』との差異をなす「私」の比重の大きさは，また『モザイク』諸篇との差異でもある。言い換えれば，『堡塁奪取』，『マテオ・ファルコーネ』，『双六一番』の開く二つの時間性のうち，「私」の住むそれが発展し，ついには他者の時間性と交わるにいたる時に『カルメン』の形式は生まれるのである。

　それゆえ，筋の展開する次元となる作品の時間性を吟味することが必要になろう。殊に一方のIおよびIIと他方のIIIとの時間的な関係を。しかしその前に簡単に指摘しておくことがある。それは，カルメンおよびドン・ホセと交渉をもち，事件一端の目撃者となり，したがって真実らしさを保証する「私」が実は虚構の人物であるという点である。なるほど類まれな旅人プロスペルが，「私」と同じように1830年秋アンダルシヤに行ったことは知られている。6月27日に発ち，乗合馬車の中でテバの伯爵 C. G. パラフォクス・イ・ポルトカレロ（後にモンティホ伯爵となる人物）と知り合い，マドリッドの屋敷に招かれて夫人および二人の令嬢（姉の方のエウジェニアは後にフランス皇帝の后となる）に紹介され——勿論メリメの人柄の一例である——，9月初めにはセヴィリヤにいて，パリにもどるのは12月10日よりは前だという事実である[23]。

そしてメリメがこの旅での見聞を，二度目の旅（1840年）のそれや文献類に基づく情報とともに小説のさまざまな記述のうちに用いていることも指摘されている[24]。事実，『エスパニヤ書簡』（初出 1831–1833 年）には『カルメン』の材料となるらしい記載をいくらでも発見できる。もっともそこで，メリメの見たこと/聞いたこと/編み出したことが明確に区別されているわけではない。けれども，肝心要の主人公たちのモデルにメリメが出会うことはなかった。というのも小説の起源は，1830年にテバ伯爵夫人に聞いた話だからである。『カルメン』制作を伝える1845年5月16日付けモンティホ伯爵夫人への書簡がそれを証言している。

> 私は，とじこもって書くことに一週間をすごしました。故ドン・ペドロの事蹟・偉業ではありません。15年まえ，あなた様が私にお話しくださった物語です。台無しにしたのではないかと心配しています。もっぱら公衆に身を捧げていた愛人を殺したマラガの威張り屋の話でした[25]。

作者の生活や作品の生成について多くの興味ある情報をふくむテクストだが，ここではまず『カルメン』の物語が，作者が直接に目撃した事件ではなく又聞きに起源をもつということを確認しよう。又聞きは『モザイク』のいくつかの作品が語り手「私」について明かしていた起源でもあった。そしてもう一つ，メリメがスペイン人（女は売春婦）の事件をバスク人とジプシー女の話に作り変えたという点が注目に値する。このことは，手紙の続きも明言している。すなわち，

> 少し前からボヘミア人のことを丹念に研究していますので，私は女主人公をボヘミア女にしました。(Parturier, *Ibid.*)

第一の改変には補足することがある。くどく言えば，メリメは，カルメンのモデルとなる女性との間に物語のモデルとなる事件を起こしたドン・ホセのモデルとなる男には出会わなかったのである。というのは，第二の『エスパニヤ書簡』中のある懲役囚との出会いの報告のうちに，「私」のドン・ホセとの最初の出会いの記述に共通するいくつもの要因を発見できるからである[26]。それどころではない。カルメンに関する限りその肖像は，最初の旅に先立つこと20年，すでに『クララ・ガジュルの演劇』（1825年）の中で素描されていたのである。二つの肖像を比べてみよう。

| モール人の血をひくという (a) クララの姿。「そのいくぶん野性的な目の表情 (b)，長い漆黒の髪毛 (c)，すらりとした上体，白くてきれいにならんだ歯 (d)，ややオリーヴ色［＝暗褐色］をした顔色 (e)」(TRN, 4) | 「私」の見た混血らしい (a) カルメンの姿。「その肌は一様にまったく赤褐色にちかかった (e)。目は斜視であったが見事に切れながで (b)，唇はすこし厚っぽかったがはっきりと輪郭を描き，皮を剝いたアーモンドよりも白い歯 (d) をみせていた。髪毛は少し太かったかもしれないが長くて黒く，烏の羽根のように青く反射していた (c)」(II, 951) |

多くの対応する箇所は，それぞれ全く同じではないにしても少なくとも類似する。はっきりした相違はカルメンの背丈であろうか。しかし，「彼女は小さく，若くて美しかった。そしてとても大きな目をしていた」(949) の「美しい」(bien faite) は俗にいう「スタイルのよい」の意味であって，クララの「すらりとした上体」(sa taille élancée) と相容れないことはない[27]。

ともあれ，フランス人からみればスペイン人と同じく外国人でも，スペインではある明確な特殊性をもつバスク人を，またフランスからでもスペインからでも更にはバスクからでも優れて「異人」であるジプシーを導入したことの意味は何であったのか。これは本書第2章の主題となることを予告する。

これまで我々は，説話学上のとりわけ時制と人称にかかわる基本概念の確認から始めて，その補足そしてその応用へと進んできた。以上を踏まえて，次に語りの手法にかかわる諸問題を考察しなければならない。

II. 手　法

まず『カルメン』において物語構成の軸となる時間性の問題を検討しよう。

1. 時間性

　とくに最初のⅠ・Ⅱ章と第Ⅲ章との関係を考える必要がある。これは言表の集合体を分節する連辞構成との関連で問われる。まず作品が物理的にⅠからⅣへと展開することはいうまでもない。テクスト構成の，そして少なくとも基礎的な読み行為の連鎖関係である。これが作品における時間関係の①のアスペクトである。（ここではテクスト生成の順序，書き手における書記行為の時間性の問題は扱わない。）

　けれども，説話内容をかたちづくる事件はそのように単純な線にそって流れはしない。たしかにⅠとⅡとは先後関係をもち，後者は前者に接続する。なぜならば「私」はモンティリヤでドン・ホセに出会い（Ⅰ，938），別れ（947），その一週間後にコルドヴァでカルメンと知りあい（Ⅱ，949），その夜彼女に誘いこまれた場所でドン・ホセに再会する（952）。そして数ヵ月たって，コルドヴァの牢獄にはいっている男を訪れ，そのあくる日に彼の身の上話をきいた（956.Ⅱの終り）のである。

　それにたいして第Ⅲ章はドン・ホセの生いたち，アルマンサの連隊への彼の志願の事情，伍長への昇進（956）を発端状況として，セヴィリヤのタバコ工場でのカルメンとの出会い（957）にはじまり彼女を殺害し自首する（988）までの経緯を物語っている。こうしてまず一見して，Ⅰ・ⅡとⅢとは単純には接続せず，それぞれ固有の時間性をもつ二つの話とみえるだろう。しかし，これらの平行的な物語は，実際にはまず事件のレヴェルで何回か交差する。たとえば，「私」はドン・ホセに出会った時に，それがもしかしたら賞金つきで指名手配されている名高い強盗ホセ・マリアではないかと疑い，話の水をむける。だが男は「ホセ・マリアなんて悪ガキにすぎない」といってのける（Ⅰ，942）。実はこれはドン・ホセがロンダ山中で知り合い，いっしょに働いたこともある人物であった（Ⅲ，976）。他にも例はある。

　しかしここで我々は，逸話レヴェルでの個別的な事例ではなく，もっと大きな単位や説話の仕組みにかかわる関係を観察する。まず，死刑を翌日にひかえたドン・ホセが「私」にその身の上（Ⅲ）を語った（Ⅱの

終り）のであるから，III の説話行為は全体として II の終りが設定する枠のなかに位置づけられる。III とは，「私」のいわゆる「この悲しい事件」(II, 955) なのである。それゆえ II は引用という仕方で III を接続する。関係の ② の面である。だがまだある。というのは，I および II の大半は III の内にその微小部分としてとりこまれているからである。ガルシアとの決闘 (III, 981)，軍隊との戦闘 (982)——首領と二人の仲間は落命し，他の二人は逮捕され，ドン・ホセは重傷をおう——につづくグラナダでの潜伏 (983) の期間に，カルメンはルカスなるピカドールと知りあう。嫉妬した男とジプシー女との諍い (984) につづいて次の件がくる。

その頃のことです，だんな，わたしが貴下に出会いましたのは。最初はモンティリヤの近くで，その後コルドヴァで。この二度目の出会いのことはお話ししますまい[1]。もしかしたらわたしより詳しくご存知ですから。カルメンは貴下から時計を盗みました。あれはお金もそしてことに貴下がはめておられる指輪を欲しがっていました。それは魔法の指輪で，なんとしてでも手にいれたいというのでした。わたし達は激しく言い争いました。わたしはあれを叩きました。(984)

ここは説話と談話とが混じりあう面白い箇所なのだが，とりわけ冒頭のあえて「だんな」と訳した « monsieur » に注目しよう。説話者は，説話文脈のさ中で，一瞬聞き手の「私」に話しかけることによって談話者になり，またすぐ説話者にもどる。これはつづく談話体そしてその後の混淆体を招きこむ頓呼である。さてここに，II と III との個別的な逸話レヴェルでの接点をみることもできる。「私」がバスク人に再会したときの険悪な状況 (II, 953) とそれをいま説き明かす愛人たちの口論との対応である。けれどもまたこの件が大枠での関係をしめすことを見落としてはならない。説明は，最初の出会い (I) と再会 (II) の大部分 (なぜならばそれは「私」のカルメンとの出会いをも先行事態としてひきこむ) とをただ一つの文で要約しているのである。それは先立つふたつの章が，ドン・ホセの物語の連鎖を構成する輪でしかないことを意味する。つまり，I・II の説話内容はほぼそのまま第 III 章がつたえるドン・ホセの生涯のひとコマなのである。これが関係の様態 ③ である。

ところでこの関係は逆転することもできる。「私」のスペイン旅行の

「長い」物語（ⅠとⅡ）のなかに，ドン・ホセの生涯のうちの三日分だけは場所をしめるからである。こうしてⅠ・ⅡはⅢの部分を内につつむ。これが関係性④である。つまりⅢがⅠ・Ⅱを覆えば，逆にⅠ・ⅡはⅢをおおい，いわば相互的な「填め込み」(abîme) の構造がみられるのである。最後にもう一つ理解しやすい関係を指摘しておこう。Ⅲの終りで話題となるドン・ホセの自首には，彼の入獄（Ⅱ）がつづくという事件の連続，つまり説話の連辞性がそれである⑤。第Ⅱ章は部分的に第Ⅲ章に接続しあるいはそこに埋めこまれ，こうして一つの円環が形成される。ただし，説話者はドン・ホセから「私」へと交代している。

　こうして2つの物語は，一見して平行しているかと思われるけれども，けっして原本と副本というような意味での，あるいはただ同じ物語の視点をかえての複数の語り（versions）——その面もあるのだが——といった重複した関係を構成しているのではない。あるいはまた，後に起こる事件をそれとなく予告するいわゆる伏線の手法——その意味もあるのだが——として片付けることもできない。二重の説話は連辞構成の点からして，いく通りもの連絡によってきわめて錯綜した結合を実現しているのである。「カルメン」の物語とはまさしくこれらの関係性の集合体と定義すべきである。

　しかし『カルメン』を構成するのは物語だけではない。これまで別扱いにしてきた第Ⅳ章をとりあげる時である。

2. 第Ⅳ章

　この部分について筆者は，それが「私」によって担われるとだけしか述べていない。これは，制作および初出の経緯が異なるだけでなく，もはやドン・ホセとカルメン，それに「私」をめぐる物語ではない。メリメはそこで，スペインでの体験やボロウ（Borrow）の著作その他にしたがい，またヴォージュでの実地調査の報告をまじえて，ボヘミア人についての知識（その分布，生業，身体の特徴，女性の身持ち，仲間意識，宗教，占い，惚れ薬，歴史，言語の起源，方言，フランス語の隠語にはいった単語...）を披露している。要するに第Ⅳ章は全体として物語

第 1 章　語　り

ではない。

　この部分は，従来から研究者たちを戸惑わせあるいは失望させ，そして小説家批判の機会ともなった。若干の証言を引用しよう。まず，アカデミー・フランセーズの「雄弁賞」を獲得することによって一種の社会的な認可をうけた発言がある。

> メリメは錯覚や嘘の力を信じきれないのである。そのうえ彼は自分の物語をやすやすと捨て（...）すぎる。たとえば『カルメン』の最後の10ページ[2]。
> 『カルメン』は本質的には30ページしか占めないのだが，〔メリメは〕それをお喋りでぶちこわし，その効果をボヘミア人についてのペダンティックな論説でよわめる。（同上，p. 39）

現代の評伝の一つもこれに呼応する。

> 第 IV 章，ジプシーについての論説のようなもの。これは作品の魅力にまったく何も加えることはない。それどころか逆にその単一性を破壊する。我々はこの民族学的な研究が（...）作品を理解するうえで不可欠であるとは思わない[3]。

　批判の批判は容易であろう。いったい，作品の何を「本質的」とし何をそうでないとするのか。恣意的な決定によらずしてそれはできるのか。物語性の有無をそれが基準にするのであれば，その長編ないし中編小説の見方には，「何にもかかわらない書物」，つまり主題をもたない——ということは，説話がある主題についての命題の連鎖によって成立する以上，究極的には物語性を捨てさるということにほかならない——小説を夢想していたフロベールを対置することができる[4]。アリストテレスが物語（ミュートス）を悲劇のいわば「魂」と定義した（『詩学』第 6 章，1450 a 38）ことは周知のとおり。そして近代の演劇はもちろん小説においても——この点では「反アリストテレス演劇」を標榜したブレヒトも必ずしも例外ではない——，物語の占める地位の卓越は自明のドクサであった。フロベールはこの通念を問い直すのである。また小説を読むとはかならずしも「筋を読む」ことではないことを語り手でもある「余」なる人物に言わせていた漱石[5]，さらには，文体の重視によってフロベールを呼ぶすでに一世紀前のビュフォンの一節——我々はこれを題辞とし

てかかげた——を思いだすこともできる[6]。メリメの欠点とされる虚構説話のあたえる錯覚への不信とは，ブレヒトや新小説が登場して以来，書き手の側についても読み手の側についても，文学が意識的に獲得してきた力ですらあることを現代人なら認めるだろう。私たちはサロートのいわゆる「不信の時代」[7]もしくは推察の時代に生きているのである。証言は証人自身を証言する。実際，ここには一つの美学が発言しているのである。現代の見方が正しいなどというつもりはない。けれども上記批評のそれが少なくとも相対化された美学に属することは知っていてよい。

似たことはもう一つの批評文が「分らない」とする疑問についてもいえる。

  彼は『カルメン』に，ボヘミア人の風俗と言語についての数ページをそえた。この論説は，なぜ加えられたのか分らないのだが，一般に不適切なものとみられた。自分の言語学的な知識をみせたかったのか。それとももっと単純に，実のところ少し薄い本を大きくしたかったのか。それは判らない[8]。

問題の章が「一般に」どう評価されてきたかがここでも分る。奇妙な細部に注目しよう。つまり厳格に読めばタイトルは，ここで第 IV 章をのぞく部分の名である。もちろんそれが「両世界誌」に掲載されたテクストを指すのであれば，その限りではけっして不当なことではない。けれどもあえて改釈することが（この宛字とともに）許されるならば，「不適切なもの」は意図的に切り捨てたり，でなくともうっかり忘れて考慮の埒外におく危険がありはすまいか。

それは作者本人にすらおこった。実際メリメは，第 IV 章を終えながらこう書きつけていた。「以上，カルメンの読者にボヘミア語に関する私の研究が相当なものであることを知って戴くには，十分すぎるほどであろう」(994)。ここにもまた，ペダンティスムを衒う人の羞じらい（のふり）からくる戯言を読むことができるのだが，その「カルメンの読者」におけるカルメンとは，塡め込み法によって全体をではなく，要するに第 I 章から第 III 章までしか指してはいないのである。こうして，いとも簡単に捨象への道が口をあける。メイヤックとアレヴィは，無論ジャンルの要請に則ってであるが，この道をたどる。第 IV 章はいうまでも

ない，台本作者は小説『カルメン』の初めの2章をも削ぎおとす。思えば，トラアールのいわゆる「本質的な」30ページとはまさしく第III章を，それのみを意味していたのである。書き直しとは一つの解釈さらには評価に他ならないことを考えれば，この削除は象徴的な事件であったことがわかる。

もちろん，バルトも言うように無垢な読み方（システム）などは無い[9]。読み手がすく（掬・救）う，したがってまた同時に漏らす箇所は人によって，また同じ読み手の異なる読み方によって様々であろう。けれども，無実でない読みは，少なくとも自らが無実ではないこと，そして他の読みもテクストに支えられる限りにおいては可能なのだということを意識していなければなるまい。文学のゲームはそこに存立し得るのだから。『カルメン』を最終的にどう規定するかという問題は，この謎の章をどう読むかにかかっているのかもしれない。常套的な恣意性から自由な読みは可能なのか。それを構築するための一歩として試みなければならないのは，第IV章の発話について，いささか細かい議論になるがその機構を記述することである。

第IV章の書出しを特徴づけるのは無人称の言説である。メリメは書いている。

> 今日エスパニヤは，欧州中に分散し，ボヘミアン，ヒタノス，ジプシー，チゴイナーなどの名前で知られるこの流浪の民が最も多くみられる国の一つである。(988–989)

この現在形の文には話者の「私」も話しかけられる「あなた」も現れない。無人称である限りにおいてバンヴェニストのいわゆる説話に共通しながら，時制においてはそれから逸脱し，現在形を基調にする限りで談話にちかいものの，人称性の欠如によってそこから離れる。これはいずれでもないニュートラルな言説である。あるいはむしろ，たとえば「水は100度で沸騰する」のような学術論文の言説である[10]。この「零度」の伝達回路には，名詞主語を別にすれば原則として不定代名詞の«On»が使われるだろう。けれどもメリメは無人称性の原則を必ずしも守らな

い。二三の事例をとりあげる。

　まず，明示的にではなくても，書き手は判断とりわけ価値判断をしめす修飾語を用いる時にその主観性をあらわにする。比喩の使用がすくなくとも書き手の知識や連想，それゆえ個人的な想像と無縁でないことは，いわゆる「没個性のマスク」にかくれた作家フロベールの「情動的な参与」を明らかにすることによってブロンベールが示した通りである[11]。それに引用もある。第二文段において，ボヘミア人のまなざしは「野獣のそれ」に，彼らの「殴られることを生まれつき恐れる」性格はラブレーのパニュルジュに比較され[12]，女性の醜さはオウィディウスの一節を呼び起こし，著者はこれをラテン語原文で引用する (990)。直喩や隠喩は書き手の性向（メリメの作品のなかでも殊に『カルメン』において動物のイメージは頻繁である）を，引用はこの文人における古典的な素養をあかさずにはおかない。先行文献への言及は，「読者」における共通のユマニスムへの参照によって「読者」を選定するともいえる。

　明示的な「私」の介入もある。無人称の言説の最中に，これまた第二のパラグラフから始まるのだが，書き手は自分の体験からくる情報を入れることをためらわない。たとえば男たちの体格について，「私は肥満した者をみた覚えがない」(989) という。同じことは，女たちの貞潔についての宣教師ボロウの断定を反論する件 (990) についてもいえる。これはいわば「読者」への直截な話しかけを欠いた談話であると規定することができる。つまり談話であるにもかかわらず，話しかけられる者は無人称性の地平に仮想されているにすぎないのである。あまつさえ，まもなく例を見るが，部分的には純然たる説話体すら現れるであろう。

　しかし「読者」は実際に離在者（absent）にすぎないのであろうか。一見してこれに反するような表現もみえる。たとえばカタルニヤに棲むボヘミア人たちは，「よくフランスにやって来る。わが南仏の定期市ではいつでもその姿がみられる」における « toutes nos foires du Midi » (989) がふくむ「わが」がその一例である。もう一つは，若いボヘミア女たちの踊りを「我が国の謝肉祭の街頭ダンス・パーティで禁じられている踊りによく似ている」とする直喩における « nos bals publics » (990) である。« On » を主語として，したがって「私」が明示的には姿

をみせないこの「我われの」によって，すでに「私」はひそかに読者の「あなた（方）」との間に「人称性の相関関係」（バンヴェニスト）を結んではいないのか。

　ある意味でそれを否定することはできないと思われる。仮にここに《 nos 》ではなく類似の機能を有する《 vos 》（あなた（方）の）を用いるならば，書き手はそれによって自分が「あなた方」とは文化ないし民族あるいは国籍のちがう人格であることを表明することになるからである。こうして「我われの」に人称性の連帯関係をみることはできる。何気なく導入されるこの表現はゆえに「読者」を包括する。しかしこの「我われの」には，「フランス人（である我われ）が知っている」くらいの漠然とした意味しかない。不特定多数の群のなかから，特権的な「読者」をきわだたせ指名するわけではない[13]。それは修辞学のいわゆる「頓呼法」（apostrophe）によって言説の中に招きこまれてはいないし，ましてやそれが一人称になりかわって発言することは絶対にない。人称性の相関関係はそれゆえまだ潜在的な可能性としてしか肯定することはできない。

　無人称の言説を不純にするもうひとつの言語域がある。ただひとつの総合文に例をみる説話がそれである。数枚のオンス金貨を餌にしてあるボヘミア女性の歓心を買おうとした男についてのテクスト——

　　　私がこの逸話を話した（racontai）あるアンダルシヤ人は，その背徳的な男がもし二三ピアストルをみせたのなら，もっとうまくいっただろうにと言い張った（prétendit）。(990)

単純過去は，メリメ自身の体験にもとづくらしいこの話を，忠実な報告であるにせよ——私は民族誌の取材をしている，とメリメ。それに「旅行中は何でも見なければならない」のだし[14]——，他人への転嫁であるにせよ——他人の発言だ，俺は放蕩者じゃない，とプロスペル。けれども彼は，個人的な手紙ではこう書いていた。「私の時代にはセヴィリヤにもカディスにもグラナダにも貞操感がピアストル一枚の誘惑に抵抗できないボヘミア女たちがいたのです」[15]——，話しつつある主体から離して説話の囲いのなかに閉じこめる。こうして書き手は，証明をこととする無

人称の言表のなかに説話をさしはさむ誘惑を禁じ得ない。あるいはむしろ，ストーリー・テラーは説話でもって証明するというべきであろうか。

冒頭はこうして民族学的な記述を旨とした無人称の言説を展開する。とはいえ言説の純粋さは辛うじて保たれているにすぎない。というのも「我われの」の侵入があるからである。書き手は，つづく文段においてさっそく書記主体である自己を指示することによって談話域使用の権利をもっていることを見せ，同様に自分が紛れもない語り手でもある事実を控え目にではあるが示すからである。この多様なレパートリーをもつ書き手はどのようなパフォーマンスをみせるのか。またほかの手法はないのか。特徴的な事例を指摘していこう。

実際，つづくふたつの段落には談話域に属する説話があらわれる。先ず第3段落の説話から見れば，「数ヵ月前，私はヴォージュに住みついたボヘミア人たちの一群をおとずれた」(990)，とメリメは書いている。人称と時制 (j'ai visité) に注目しよう。話しかけられる者「読者」はすでに書き手の意識のうちには現在している。それはメリメが特定の個人にあてた手紙で伝えている同じ体験の報告に対応する。「私はメスの近くでボヘミア人たちの一群を追いまわした (j'ai pourchassé...)」[16]。バフティンの言葉を思い出さなければならない。

> その対話者，宛人を強く感じるというのが手紙の特徴のひとつである。対話での発言とまったく同じように，それは特定の人にあてられる[17]。

それにもかかわらず，一人称複合過去で体験をつたえるこれら二つのテクストのいずれにおいても「読者」は明示的に呼びこまれるにはいたらない。もうひとつの例をあげる。「しかし私はエスパニヤのボヘミア人たちに，死骸との接触にたいする独特の嫌悪感にきづいた (j'ai remarqué)」(§4, 991)。先のアンダルシヤ人との問答と比較すべきである。おなじスペインでの経験でありながら，一方は純粋説話のマーク（単純過去）を付されているのに，ここにはそれがない。こうして，これら2つのパラグラフは言説を談話域に限定する。けれども「私」が明示的に「あなた」に話しかけることはない。

第五および第六の文段については，書き手がすでに述べたことへの参照を複合過去でおこなう事実に注目しよう。「私は，大部分のボヘミア女たちが運命占いに手をだしていると申しました」(§ 5, 991)。これは書き出しのパラグラフの終わりを思い出させ，さらに媚薬や呪(まじな)いの話題を導くためのメタテクストである。この談話文脈に説話がはいってくる。再びある逸話の報告——

　　昨年のこと，あるエスパニヤの女性が私に次のような話をしてくれた。女性はある日アルカラ通りを（...）歩いていた。歩道にしゃがんでいたとあるボヘミア女が彼女にむかって叫んだ。(991)

　逸話の出所をしめす記述が，一方で「昨年」という談話を規定する副詞を含んでいるにもかかわらず，半過去（une Espagnole me *racontait*...）になっているのは，これにつづく逸話内容の時である単純過去（une Bohémienne ... lui *cria*）への移行を容易にするためであろうか。改行の後でも，ヴォージュの女が伝えたという説話の紹介がおかれている（§ 6, 992）。そして半過去との併用をみる歴史的現在および一人称単純過去がこれを組織している。
　もっとも，書き手は説話者のペルソナに満足するわけでもない。単純過去での物語にコメントし，あまつさえ「読者」との関係を結ぼうとする。よびかけたボヘミア女は裏切った愛人を戻らせてあげましょうかという。「彼女がどんなに喜んでこの申し出を受け入れたかお分りでしょう」(992)。まず，書き手は説話者となってスペイン女の語りを間接話法でまとめている事実に注目しよう。ところでこの« on »（On comprend avec quelle joie...）は，無人称の言説を特徴づけた漠然とした包括性をしめす « on » とは異なる。というのは，ここで依然として遠慮ぶかく包括される「あなた」は，今度はまぎれもなく，逸話を知りつつあると想定される「読者」だからである。報告者は「あなた」とのあいだの共犯性を結ぶことによって女性の受諾を是認させる。つまり物語を「読者」に説得する。談話の介入は「読み手」との伝達回路を確立し，それによって説話の真実らしさに貢献するのである。「読者」への話しかけは，逸話の終わりでは直接的な頓呼となる。「哀れにも捨てられた愛人が自

分の肩掛けと不実な男にまた会えたかどうかは，あなたのご想像にまかせます」(992)。「また会えたか」の時制が談話の複合過去にもどっていることはいうまでもない。

この結末のない終り方を根拠に「説話をやすやすと放棄する」として書き手を非難することもできようが，ボヘミア女たちが呪いに従事することの証拠としてはもう十分なのだから結末をあかす必要はないのだ，と答えることもできる。似たことは，メリメ26歳の時の長編歴史小説『1572年。シャルル九世時代の年代記』(1829年)の無造作な結末についても言えよう[18]。更にはこれを，頓呼によって「読者」を物語の製作に参加させる手法として積極的に評価することも不可能ではない。要するに一石二鳥の機能をもつ談話は，単なる「お喋り」などとよべる性質のものではない。説話が無人称の言説や人称的談話の機会になるように，逆に談話は，説得のためにも時には創造の意味ですら説話の構成に貢献し得るのである。

最後に，歴史と言語にかかわる残りの部分を検討しよう。そこは，現在形に複合過去そして人称代名詞の遍在の事実によって全体として談話を構成している。二つの点に注目しておく。まず例外から。ボヘミア人の歴史についてただ一度だけ単純過去があらわれるのである。メリメはこう書いている。

> じっさい，最初のごく少数の群が15世紀の初めごろヨーロッパ東部に現れたことはわかっている。けれども，彼らがどこから来たのか，なぜヨーロッパに来たのかを言うことはできないのである。(§7, 992-993)

注意すべきは，この民の出現を語る動詞だけが単純過去 (se montrèrent) であって，「どこから」や「なぜ」にかかる動詞は現在形および複合過去におかれていることである。最初の単純過去は今までに読者が出合ったものとは性格がちがう。これは文字どおり歴史記述のそれで，発話主体と実存的な係わりのない，動かせない過去の事実をつたえる。それに対して，すぐにこの時制が捨てられるのは，否定の主節に従属する不確実なことを話題にするからでなく，むしろ現在完了の（どこからか来て，なぜかヨーロッパに居ついている）事実が問題だからであろう。そのこ

とが，確実な事実であっても以下において複合時制が使われる事情を説明する。たとえば，「ボヘミア人たち自身，その起源についてはいかなる伝承も保存していない」（§ 7, 993）の « n'ont conservé » である。第二に，言説が談話を基調にするという指摘については，時制のほかに人称性の操作を証拠とすることができる。一人称「私」の遍在は当然として，これまた一度だけとはいえ，ふたたび二人称が出現するのである。卑近な語ないし幼児語である « frimousse »（お顔，つら）のボヘミア語起源を（戯れに）得々と主張する件は次のように始まる。

　　まず，1640年に，ウーダンがその奇妙な辞典のなかで，フィルリムーズ（firlimouse）と書いていたことに注目してください（Observez）。（§ 10, 994）

不定代名詞をもちいての「注目される」とか，一人称複数での「注目しよう」に比べて，この二人称での命令語法は直接の話しかけによって，「読者」に向けて言説への参加の要請を果たしているのである。

　第 IV 章のミクロ・レクテュールによって，一二の点を確認することができる。
① 書き手の遍在。
　ここには極めて複雑な言説が展開する。「私」は隠れて語り，現れて話す。そこに無人称の言表と人称的な言説が由来する。学術論文と説話（物語および歴史）と談話とがないまぜになっている。同じように時制には現在形や半過去はもちろん，ことに単純過去／複合過去の使い分けがおこる。ある言語域が形成する文脈は別の言語域の侵入をさまたげず，両者はむしろ相互に寄与しあう。書き手は学者（民族学者，言語学者），語り手（ストーリー・テラー，歴史家），話し手（談話者）と多様な仮面を自在にかぶる。他人の言葉もはいってくる。書き手はそれをそのまま引用し（記録者），あるいは間接話法でまとめていく（解説者）。こうして人格はつぎつぎに変貌しながら，人はいたるところに遍在する。
② 「読者」の偏在。
　人称性の操作は一定の傾向をもつ。話しかけられる者は当然のことな

がら談話においてしか現前しない。読者の「あなた」は二度だけ指呼される。「我われ」は控え目に《On》にともなう所有形容詞の形（nos）をつうじて現れる。それも端的ないみでの「読者」への参照ではない。実際、書き手と「読者」が構成するでもあろう共同性を記す包括的な「我われ」は、その慎ましい代替物《On》の使用が暗示するにとどまり、明確な形では形成されない。メリメは「読者」への儀礼をまもり、これとの共犯関係をむすぶことを潔しとせず、言説はほぼモノローグに終始する。

　以上ふたつの特色はいずれも、我々が最初の3章について確かめた事実でもあったことを思いだそう。その意味では『カルメン』全体において、「語り手」が「読み手」との間にたてる関係の有り方はいささかも変わらないことが判明する。

　しかし、一体このような章がドン・ホセとカルメンの物語にとって何でありうるのか。批評がとまどいそして否定的に評価したこの部分は、作品全体にとっていかなる意味をもつのか。この問題に接近するためには、長い迂回が必要になる。

展　望（1）

　ことにオペラの出現以来、『カルメン』とその作中人物はひとつの文化的な神話になっている。メリメの作品を神話から文学へととりもどすことを意図するこの試論は二重の問題の解明をこころみる。まず、作品における錯綜した物語の形成を整理し、説話と談話との分節を明らかにすることが必要であった。そのため筆者は、作品をおりなす人称性（「私」──「あなた」の関係、「我われ」の構成）および時制関係（とくに単純過去／複合過去の使い分け）をギヨームとバンヴェニストの理論を応用して分析してきた。これらの関係性が、今日まで十分に注目されなかったように思われる重要な主題系の組織にかかわることを明らかにしなければならない。

3．接　近

　我々はスペイン人の実話がバスクの若者とジプシーの女性の物語に

変ったことを知っている。作者のモティフが何であったにせよ[19]，この事実の作品にとっての意味を考えることが必要である。また，I・II／IIIの形式的な結合様態の分析によって，これらの章が不可分の仕組みをもつことも確かめた。残るのは，「私」の物語とドン・ホセの物語との意味論的な関係を知ることである。以上ふたつの，実は相関した問題を考えるためには，そもそも何が「私」の物語においてなされるのかを観察する必要があろう。第I章における「私」の主人公との遭遇の記述をたどらなければならない。

　疲れきった「私」は一種の圏谷を発見する。日陰に男がひとり休んでいた。もちろんこれがドン・ホセであったわけだが，この初対面の人物にたいして，「私」は終始，その素性を見破ることを最大の関心事としてふるまうことになる。まず出会い——

　　それは若い壮漢で，背は中くらいだが頑丈そうで，暗く尊大な目つきをしていた。顔は美しかったのかもしれないが，日焼けしてその髪毛よりもっと黒ずんでいた。(I, 938–939)

不意に出会った男を「私」はまず全体的に把握するのだが，早速に一二の細部が目につく。日焼けにしろ目付きにしろ，すでにこの人物について何らかのことを暗示せずにはおかないことである。その上「私」に気付いた「男は片手で馬の頭絡を，もう一方の手で銅製のラッパ銃をつかんでいた」。この身構えは男の日頃からの警戒の習性をしめすであろう。男の武器と「獰猛な外見」に「私」は「少し驚く」。だが自分が敵意などもたないことを分らせるために，「馴れなれしい会釈」をし，微笑までうかべて男に話しかける。男は「私を頭のてっぺんから足の先までじろじろ見つめ」，次にガイドを凝視する。「ガイドは青ざめ，ありありと恐怖をうかべて立ちすくむ」。まずいことになったことが「私」にはわかる。しかし「不安の素振りすらみせまい」として，噴水に頭と手をひたし，ゲデオンの兵士よろしく腹這いになって水をのむ。そうしながらも「私」はガイドと「未知の男」(l'inconnu)をうかがっている。ガイドはしぶしぶ近づく。男の方は「下心はないらしく」馬を放し，「水平に保ってい

た銃を下にむける」。磊落をよそおう「私」の演技が功を奏したのである。いささかのニュアンスはあるが，先に指摘した「私」の人なつっこさを再び確認することができる。それは以下においても変らないであろう。

ところで，男の容貌とか反射的な身振りは，ここで一種のしるしとして機能していて，それを「私」は解読するのである。ただしこれらの標にはふたつの特徴がある。一はそれが確実な記号ではなく，蓋然的な記号《sēmeia》でしかない[20]という点である。解読は主観的であることをまぬがれない。たとえそれが記すもの（所記）に「私」が確信をもったとしても，解読が誤っていないという保証はない。第二にこれらの記号は，主体の意図とは独立にいわば徴候（sēmeia のもう一つの意味）として何かを暗示することである。その意味ではここに本来のコミュニケイションはない。伝達のではなく意味作用の記号論を語り得るのみである[21]。「私」は一方的な情報の奪い取りとしての解読を企てるにすぎない。

次いでタバコを介しての接触の試みがくる。まず「私」は男に火をつけてもらう。これで男は「うちとけてきた（s'humanisait）」。彼は「私」に面してすわる。もっとも銃を放したわけではない。タバコはのみますかと訊ねた「私」に男は初めて口をひらくのだが，その短い返事で[22]，男が s 音を「アンダルシヤ風に発音しない」ことに気づき，「私」はこれを「旅行者」（940）だと判断する。「私」が葉巻をすすめると男はそれに「私」の葉巻から火をつけ——意味ぶかい身振り——うまそうにすいはじめる。「ああ，ずいぶん久しくのまなかったなあ」と男はさけぶ。もちろんこれは，男の旅の生活についてその貧しさなり人目を避ける必要なりを暗示する。ここで語り手は「エスパニヤでは，葉巻をやったりもらったりすれば客人歓待の義務の関係になる」という一般的なコメントをはさむ。つまり「私」は葉巻を意図的に利用したのである。

じっさい，男は口をききはじめる。彼の言葉は語り手によって間接話法でまとめられる。話せば話すほど，男はそれだけ自分の正体を明かすことになる。モンティリヤに住んでいるといいながら，彼はその地方（自分が今いる谷の名，周辺の村の名，近くに遺跡があるかどうか）を知らないことを暴露する。騙す楽しみからでなければ，人は何かを隠さなけ

ればならないから嘘をつく。男には自分をいつわる必要があるのである。他方，人の嘘をそれと知りつつおくびにも出さずに聴くのは，レヴェルの高い読心術であることを忘れまい。男は馬についてのエキスパートであることが判明する。しかも，自分の馬を自慢しながら彼は，「1日に30里も走ったことがある」ともらしてしまう。男の言葉を語り手は自由間接話法で報告するのだが[23]，「長ゼリフの最中に未知の男は急に話しやめた。話しすぎたことに気付いてそれが不満のようだった」(940) という観察もする。男が自分の素性の暴露につながるようなことを言いたくないのは明らかである。ところが，言わずもがなのことを洩らせば，言い訳をしたくなる。そして，言い訳をすれば更にいっそう自分の正体を見せることになる。お喋りのよく知るあの罠に男は落ちたのである。「とても急いでコルドヴァに行ったのです，と彼はいささかまごつきながら続けた。ある裁判の件で判事に懇請しなければならなかったのです」。話しながら彼はガイドのアントニオを見つめる。アントニオは目を伏せる。

　こうして，言葉はまずその発音の癖というパロルに属する特徴，能記レヴェルの事故が，その本来の所記とは別に，もちろん伝達の意図とは無関係な記号作用をもち，またある意味（乗馬の優秀さ）を伝達すべく発せられたメッセージは，まったく異なる意味（自分の生活の一面）をひき渡してしまう。この意図に反する意味作用を正当化する起死回生の弁解も，単なるごまかしと解釈されてしまう。男の眼差しやガイドの態度が有意味なのは先にみた男の身構えの場合に似ている。ただ，ガイドについては，その態度が彼の心の状態だけでなくそれを惹き起こしている男の恐ろしさを告げていることはいうまでもない。

　そこで「私」は持参していたハムのことを思い出し，それをガイドにもって来させ，男にも勧める。「私には男が少なくとも2日間はなんにも食べていないらしく思われた。彼は飢えた狼のようにむさぼり食った」(941)。葉巻をめぐって「私」に推測できたことの再確認である。男とガイドとの間には「ある種の猜疑心」があるらしく，二人は打ち解けない。おそろしくお喋りであったアントニオは一言も口をきかない。男の正体を知っているらしい彼は「私」にくりかえし目配せを送るが，「私」はこれに留意しない。というよりむしろ男への慮りから知らん振りをするの

である。「私」にもすでに大体の見当はついていた。

  アントニオの密かな合図，その不安，未知の男から洩れたいくつかの言葉，ことに彼の 30 里の走破とそれに彼が与えた大してもっともらしくない説明で，この旅の連れについての意見はもうできあがっていた。密輸業者か，もしかしたら泥棒に自分がかかわっているのだということは疑えなかった。(941)

 こうして「私」は，徴候としての一連の現象にたいして総合的な記号解読を行ったのである。書き手の密かな介入による読みの方向づけ，いわゆる伏線をここにみることもできる[24]。

 「からす亭」へと向いながら「私」は同じ努力をつづける。「未知の人に少しずつ打明け話をするように仕向けたい」「私」は強盗のことに話をむける。アンダルシヤで名高いホセ・マリアとはこの男ではないかと思ったのである。「余所者」(l'étranger) がホセ・マリアのことを吐き捨てるように非難したあとも，この疑いを捨てることはできない。町々でみた人相書きにそっくりだと思うのである。

  そう，確かにあいつだ。金髪，青い目，大きな口，白い歯，小さな手，上品なシャツ，銀ボタンのついたビロードの上衣，白皮のゲートル，鹿毛の乗馬。(942)

これは初対面の場での描写をおぎなう外からみた男の容貌である。そういえば，「私」の見た全ては外的な様相であったことに思い至る。知られざる人は，自ら自分を語ろうとしないのだから，その外在性において読みとるべき対象なのである。

 粗末な宿には老いた女と少女がいたが，男をみると女は「ああ，ドン・ホセ様！」とさけんだ。男の名前とその高貴な生れとの開示である。けれども，これとホセ・マリアとが同一人ではないということはまだ必ずしも明らかではない。それから夕食になるが，壁にかかっているマンドリンがきっかけとなって，「私」は彼に歌を所望する。「私はお国の音楽がとても好きなのです」(943)。ドン・ホセは奇妙なメランコリックな曲を唄う——曲の選択も無意味ではない——が，「私」には歌詞は一語もわからない。

「私の思い違いでなければ，唄われたのはエスパニヤの曲ではありませんね（...）歌詞はきっとバスク語でしょう」

「そうです」，とドン・ホセは暗い表情で答えた。彼はマンドリンをおろし，腕をくんで，消えていく火を妙に悲しげな様子でじっと見つめた。(943)

こうして「私」は（そして読者も），男の出身地，旧い家柄，今の落ちぶれた生活，悲哀，その故郷へのノスタルジアをほぼ確かなこととして推察する。ミルトンの悪魔のことを連想した「私」は予言的な感想をいだく（もちろんこれは作者の先取りである）。「私の連れは，ひょっとしたら彼とおなじように，自分の捨てた土地のことや過ちのために科せられた流謫のことを思っているのだ」(943) と。

章の終わりは，人物の開示を更に決定的にするだけではなく，重要な転換をもたらす。ドン・ホセが，わずかだが自己を語ることによって，すでに出かかったその内面を見せるからである。二人は眠りにつくのだが，虫に刺されてめざめた「私」は外にでる。そこにアントニオが，内密に事をはこぶために足にぼろ毛布を巻きつけた馬を引いて来る。「旦那はあの男が誰なのか御存じない。ホセ・ナヴァロですよ。アンダルシヤでいちばん名高い盗賊ですよ」[25]。賞金ほしさに，ガイドはこれを密告しに行くのだという。諌めても威してもきかず，彼は去っていく。「私」はドン・ホセを起こして逃亡をすすめる。これまで容貌を始めとして動作や身振り，それに聞き手を惑わすための言葉，そして歌をつうじて外から観察され，外面からはじめて次第にその人となりを暴かれてきた男は，脱出のまぎわに「私」にこう打ち明ける。

> わたしは，お考えになっているような全くの悪党ではありません...そうです。わたしの内には，紳士から憐れみをうけてもよいものがまだ残っているのです...。さらばです。ただ一つの心残りは，貴方への借りがかえせないことです。(946-947)

ドン・ホセにはそれ以上を言う余裕はなかった。しかしこれは，今まで一方的に珍しい獣でも見るような「私」の好奇心の対象となり（対照的に，ドン・ホセの方には「私」に対してこのような関心はない），自分を隠そうと努めながらも，言うこと成すことのすべてが，嘘にいたるまで

「私」の目にさらされ解読されてきた者（サルトルのいわゆる対他存在）が，初めて自ら自分自身をどう把握しているか（対自）を開示した発言である。まともな人からの憐れみをうけたい理解されたいという願望——メリメの諸作品をつらぬくテーマのひとつ[26]——はそれ自体すでに一種の自己告白である。あるいは自叙伝の開始ともいえる。その意味では，先に検討したⅠ・Ⅱ/Ⅲの関係にもう一つの様態を加えることができる。この数行は連辞構造において第Ⅲ章に直結するからである。すなわちⅠはすでにⅢを呼んでいる。

　こうして第Ⅰ章は全体として未知のものへの接近とその解読を機能としていることが判明する。むろん，初対面の他人にたいして，といっても文学の場合ほどうまくいくことはまずないのだが，人は多かれ少なかれ似たことを行う。ディドロの『第一サティール』[27]も他のことを教えはしない。それでもいくつかの相違がある。まず，『カルメン』ではこれがたまたまの単発的な現象ではないことである。なぜならば，いま見たように第Ⅰ章は端的に未知への接近のプロセスに他ならないし，同じことはある程度まで他の章についても認めることができるからである。第Ⅱ章では「私」は猟奇的な関心もあってボヘミア女を徐々に知っていこうと試みるし（特に pp. 949–953），第Ⅲ章すら，ある意味でドン・ホセによるカルメン認識のプロセスであると見ることもできる。こうして作品における他者の発見は重層的に仕組まれていることがわかる。つまり「私」が，そしてそれを通して読者が接近したドン・ホセが，今度はカルメンに接近していくのである。「私」にとってドン・ホセが，何回も繰り返されたように「見知らぬ人」であれば，カルメンは「私」にとってもドン・ホセにとってもなお一層「見知らぬ人」である。

　この組織的な接近の構造に相関するもう一つの特徴を指摘する必要がある。ここで解読の対象となる人とは，『第一サティール』におけるように，社交界で自己を詐って生きざるを得ない人物ではない。社交人たちは要するに互いに同類であることに変りはない。だが，『カルメン』で問題になるのは，「私」とは，そして読者ともまったく異なる存在者である。ここで我々は他者とか他人とかいう語では不十分と考える。他者で

はかえって身近すぎるかもしれないし，他人では同国人を意味しよう。異国人ではどうか。これも十分ではない。これら全てである。国が異なり——否，ジプシーは「いかなる国の者でもなく」「いたるところを…自国とし」ている——，民族・人種したがってまた言語が違う——というより彼らは「あらゆる言語を話す」（III, 960）——（以上二つの特徴はジプシーの遍在性を示す）のみならず，職業や身分はもちろん——否，ジプシーに身分はない——，生活の仕方したがってまた感じ方とか考え方の違う異文化の人である。そして，これが我々の仮説なのだが，およそ既知のものへの還元とか解消のできない別種の人々という認識が前提にあるからこそ，上に見たように複雑な接近を仕組む必要があったのではないだろうか。換言すれば，作品独特の方法である重層的な接近のシステムは，問題の人々がなによりも遠い人々，並大抵ではない「異者」であるという理由によるのではなかったであろうか。

ところで批評は『カルメン』をその第 III 章へと縮小する傾向をしめしたこと，カルメンの神話化を決定づけたオペラ・コミックがこれをつとに実行したことを我々は知っている。だが『カルメン』の特徴とは，まさに批評が認めなかったこれらの章，「私」の物語の存在にある。ということは，一つには伝統批評の内には「古典的な」美学，たとえば 17 世紀演劇に端的にみられる理念，筋の単一性の規則の根絶しがたい残留があって，これが「私」の物語の評価をさまたげたのである。これらの章は筋を複線化するし，第 IV 章ときては筋をもたない。とりわけ批評は，作品がその構成そのものによって暗示する根源的な問題，異者の存在あるいは異性認識のテーマを，その公然のイデオロギー，これまた古典的なヒューマニズムのせいで見損なったのである。そのヒューマニズムとは，自他の同一性，いわゆる人間性への信仰にほかならない。だが注意しよう。それは自己が他者に等しくあり得るというのではなく，他者が自己に等しいという確信である。

このような思想は例えば，19 世紀を代表するすこぶる体系的な哲学者オーギュスト・コントの『実証哲学講義』（1830–1842 年）に典型的にあらわれている。ルナンの解釈にしたがえば，コントは，

我々の文明と直接の関係をもたない諸文明を研究するのは時間の損失
　　であって，人間精神の法則を確定するにはひとえにヨーロッパを研究す
　　ることが必要であり，次いでこのア・プリオリの法則を他の諸々の発展
　　に適用しなければならない，と宣言している[28]。

　もちろん他文明は，基本的に西欧文明に異ならないというヨーロッパ中心主義的な確信に由来する主張である。ところで他者の他性の否認とは，他者そのものの否認でなければ何であろうか。それゆえこのヒューマニズムとはむしろ一つの反ヒューマニズムであったと言わざるをえない。

　じっさい人々は作品に，男と女の恋と死の物語，いわゆる普遍的な「人間」のロマンを読みたがった。主要な登場人物がフランス人でもスペイン人でもなく，バスク人とボヘミア人であるという規定は，それも，それぞれのアイデンティティに固執して生き死んだという事実すら，あらずもがなのたまたまの規定，作者が安易にしたがった時代の流行，エグゾティスムの彩色にすぎなかったのである。死を前にしてジプシー女の言う「カッリとしてカルメンは生まれた。カッリとしてカルメンは死ぬ」(III, 987) は，カッリをバスク人にかえればそのままドン・ホセの運命観に他ならない[29]。だがたとえばファゲはこう書いている。「わずかばかりの外国の味わい，エスパニヤ風の空想，イギリス風のユーモア，これまた我々フランス人の気にいらないわけではない」[30]。『クララ・ガジュルの演劇』がゲーテをふくむ[31]同時代者には評価されたものの，その後ながらく受けてきた評価，つまり事実上の無視にも同じ傾斜のもうひとつの徴候が見られよう。じっさい『イニェス・メンドもしくは偏見の克服』は，いわば未解放職業（身分）にある異者への接近をテーマとしている。これはもう１つの『破戒』のドラマである。しかも，うち負かされたかにみえた偏見はすぐにまた勝ち誇る（『偏見の勝利』）[32]。

　恋愛の形を取った異者との接近は，様々のレヴェルにおいてメリメ文学に回帰するテーマである。顕著なものをあげれば，いま言及した『イニェス・メンド』二作品（1825年）は異階級間の接触をあつかうし，『カルメン』（1845–1847年）および『コロムバ』（1840年）は異文化間のそれを取り上げる。因みに後者ではそれは二重になっている。「西欧化」したコルシカ人が再びコルシカ人になる可能性，そして副次的にこの男と

イギリス女性との恋愛（いわゆる国際結婚）のテーマである。また，奇妙な異類間「婚姻」を語る『イールのウェヌス』（1837年）——ウェヌスの彫像と人間の男——，『ロキス』（1869年）——親子2代にわたる熊と人間の女——がある。テクスト間関係の観点からして，これらは一つの段階システムを形成している。そのかぎりにおいては，後に「エグゾティスム」の意味の逸脱をくわだて，これを他なる（autre）もの，異なる（divers）ものの知覚と規定することによって概念の拡大をはかり，これを方法としてみずからの文学を構想したヴィクトール・セガレンを連想することもできる[33]。

しかし，『カルメン』の独自性が異者を異者として描くことにあったとすれば，最初の2つの章の必要性はいうまでもなく，あの第IV章すらも十分な存在理由をもつことが納得されるのであって，恋物語以外を捨象するということは，もはや作品を作品として読むことですらないことがわかるだろう。まさにこの異者をテーマとする作品という観点から，我々は『カルメン』の読みへと接近しなければならないのである。『カルメン』のテクストにおける異者にかかわる主題系の考察に向かう時である。

第 2 章　他異性

> そこには世界のあらゆる国々からきたごろつきどもがうじゃうじゃいて，まったくのバベルの塔です。街路を 10 歩も歩こうものなら，10 もの言語が話されているのが聞こえてくるのですから。(III, 977)

　あるフランス人がスペインを旅行し，そこでスペイン人たちにはもちろん，とりわけ一人のバスクの男と一人のジプシーの女に出会い，そして男が自分のジプシー女との交わりの経緯について語ったことを報告するという三つの章の構成を考えるだけで，これが一方において説話学の問題——作品の語りの手法——とともに，主題として異民族にかかわる様々の問題を提起するであろうと想像することは困難ではない。『カルメン』に多くの異国の風物や習慣が記載されていることは一読してわかるし，じっさい人々はこれに気付かずにはおかなかった。

　それどころか，比較文学とともに伝統文学史は，話題をこの作品にかぎらず，さらにはその作者にかぎらず，広義のロマン派文学全体の異国への憧れ，多かれ少なかれ慣習的な異国情緒という主題系の視野から同じテーマをとりあげてきてもいる。ピエール・ジュールダの大著『シャトーブリヤン以後のフランス文学におけるエグゾティスム』はその有名な一例である[1]。この著作は多くのことを教えてくれる。二三の点を報告すれば，19 世紀において旅行記はれっきとした文学ジャンルになること（同書第一巻，p. 23）。1801 年から 1895 年の間にスペイン旅行記だけでも 640 点を数えること（同，p. 136）。このジャンルの流行にとって格好の媒体がつくられたこと。『カルメン』もそこで初出をみた「両世界誌」(*Revue des Deux Mondes*) あるいは「地球誌」(*Le Globe*) などのタイ

トルは雄弁である（p. 21）。また，フランス人たちがあるいは夢想し，さらには実際に出向き滞在したうえで見聞を伝えたのは，単にヨーロッパ諸国にとどまらず，マダガスカル，小アジア，ロシア，ギリシア，イスラム世界，インド，そして極東からアメリカ大陸におよぶこと。そしてメリメは，彼においてよく知られた自分の書きつつある文章にたいする一種の距離，まさに異国趣味の流行に対する揶揄やパロディもふくめて，このジャンルにおける巨匠の一人であること。つまり，シャトーブリヤン，デュマ，ゴティエ，ユゴー，ミュッセ，スタンダール，フロベール，ラマルティーヌ，モラン，そして無論ロティにいささかもひけをとらないことである。

　もっとも，広範な視野をもって事象を羅列していくこの類の研究には[2]，それぞれの作家にとっての異国性の意義をはかる定質という点では難があるのかもしれない。すでに見たファゲによるメリメに関する評価，「わずかばかりの外国の味わい」（un grain de saveur étrangère）[3] は，是非はともかくとして，あらかじめ一つの問題を突きつけるものであっただろう。またメリメの「ロマン主義」を留保なしには語らないピエール・トラアールにしても，「『カルメン』の作者は，多くを見て少ししか覚えず，別行動をとる旅行者として自分流に控え目にエグゾティスムを理解した」[4] と判断していたのである。それに最近の研究はもっと精密な観察をおこなっている。たとえばジェラール・シャリヤンは，紀行文学はとりわけ「1820 年から 1840 年に開花する」[5] と時期を限定しているし，メリメにとってのスペインの特権的な意味についても，ロマン主義時代のフランス作家のなかで彼こそが，「エスパニヤに長期にわたって滞在する最初の作家であり」（同上，p. 12），彼こそが「一時代のファンタスムに道をひらいた」のであり，この後 1831 年から 46 年にかけてスタンダール，キュスティーヌ侯爵，ゴティエ，サンド（とショパン），ユゴー（とジュリエット・ドゥルオ），エドガール・キネそしてデュマがつづく（pp. 20–21）のであり，メリメ自身については都合七回にわたってこの国に赴いたという（p. 13）。すなわち，1830, 1840, 1845, 1846, 1853, 1859, 1864 の各年である（p. 19）。

　これらの指摘がみせている多様性は，メリメ文学における異国的なも

のの意義の確定が容易でないことを十分に語っている。ところで残念なのは，ジュールダの仕事が示してくれるのが，「様々の国について，様々の時期に，多様な気質をもった詩人，小説家，旅行者，劇作家が見たもの (vision)」[6]にすぎない，という事実である。せいぜい「何を見たか，いかに見たか，いかなる感動を覚えたか」――この最後のことが分ると仮定して――にすぎないのである。この大著に一貫して欠けているもの，それは碩学がみずから認めているように，作品はどのように書かれているかという「手法」の分析である。じっさい，「技巧や方法の研究は他の人にまかせる」(p. 7) と彼は書いている。

ここに指示されかつ委ねられた手法の問題をこそ[7]，我々は解明しようと試みる。そして，取りあげるのは『カルメン』一作であるからして，分析はこれまでに劣らず微視的なものにならざるを得ないであろう。

最後に，今から考察する問題を明確にするために，章の標題とした「他異性」なる用語を説明しておこう。

人類学の可能性の条件を問う注目すべき著作において，フランシス・アフェルガンは，ヨーロッパ人による異文化把握の経緯を6つの時期に区分している。すなわち (A) 古代，(B) 中世，(C) 15世紀末から16世紀全体，(D) 17世紀，(E) 啓蒙時代，(F) 19–20世紀における人類学の時期，である[8]。前半の三つの時期は発見，とりわけ (C) における « l'extrême-Autre »（最他者）つまりアメリカ大陸の発見によって特徴づけられる。それに対して後半とりわけ (F) は，前半の三時期において「« altérité »（他性）との接触を通じて知覚され体験されていたものを « différences »（差異）の学として昇格させようと企てる」(p. 11)。驚きとともに好悪の感情――価値論的な (axiologique) 反応――を引き起こした他性の体験は差異に還元され，科学的な言説としての真偽が問われる――公理的な (axiomatique)――記述や分析の対象となる，というのである。著者の描く壮大な展望を検討する力は筆者にはないが，この観点からすれば『カルメン』では他性と差異（異性）とは混在していると言わなければならない。すでに「接近」の節において見たように，作品は主として I, II, III 章の語りで提示される他性の発見であるとともに，本文中でそれにともなう解説や，とりわけ（まもなく詳細に検証することに

なる）脚注および第 IV 章で実践される差異ないし特殊性の解説でもあるのだから。こうして虚構作品は学問的な展望を逸脱し，さらに言えば西欧における数千年の経験を一挙に集約する力さえもち得るのである。それゆえ筆者は，作品における他性および異性を——それにこれらの判別は容易でないこともある——あえて造語に訴えて「他異性」と呼ぶことにする。

まず他異性の事実を確認することから始める。

I. 事　実

作品の内に他異性の刻印をおされた様々の事柄が頻出するのは，書き手と特権的な読み手との絆である共通の言語が通用していない場所に物語が設定されている，という当然の事情による。他異性とはそれゆえ，まずフランス（人）にとってのそれである。もちろん，特権的でない読者，たとえば日本語を母国語とする読者にとってならば，問題はさらに複雑な様相を呈することになろう。さて，その異国の事柄とは，思いつくままに挙げれば，（この列挙にもそれが示す分類にも科学的な根拠はないことを注記しなければならないが）多様な物品，人々の生活・習慣（盗み方とか短剣の構え方もふくむ），飲食物，衣服，家屋，医薬品，民間治療法，民謡，遊戯，宗教や迷信をふくむ考え方，政治形態，司法組織，貨幣，故事，産業，地方人の特徴，固有名詞（人名・地名），諺…そしてこれらを名指す語，外国語である。これらの事・物・名が，『カルメン』のどのページにもあふれている。粗雑な列挙に満足せざるを得ないのは，一方で筆者が文明を「正しく」分節し整理するような概念の体系を持ちあわせていないという理由によるし，他方，ある事象をひとつの範疇に分類することすらじつは不可能だからである。例えばタバコは物品であるとしても，それは同時に習慣であり（I, 939），産業であり（III, 956 sv.），また人々の考え方（I, 940）をしめすものでもある。

異国性をしめす事象を指示対象の性質によって整理し記述することが雲をつかむような事柄だとしても，これをむしろ作品に密着して，つま

第2章 他異性

り，作品のもつ形式的な事実にそくして記述することはできるだろう。少なくとも二つの異論の余地のない分類法が考えられる。一つは誰の言語かという点からの整理である。その場合，語り手「私」／登場人物「私」は，語り手ドン・ホセ／登場人物ドン・ホセと同様に区別しなければなるまい。あらゆる発話者が聞き手の知識を視野において話すからである。もう一つは言語による区分である。スペイン語，バスク語，ボヘミア語が重要だとしても，古仏語，ラテン語，ギリシア語，英語もわすれてはなるまい。これらの観点は，いずれもテクストの少なくとも即物的なあり方を把握するうえで意義があるだろう。さらに以上二つの観点は交叉させることによって，書き手から読み手への，そして作中人物相互のコミュニケイションのあり方について教えることがあるに違いない。だが筆者にはこれを試みる気はない。余りにも煩瑣になることを恐れるからだけではなく，異国的な現象を網羅的に記述することよりはむしろ，それが作品においてどのように現れるのか，どのように読者に伝えられるのか，どのように作中人物を条件づけ規定するのか，について考えることのほうがもっと重要だと思われるからである。

　だがそれを始めるまえに明確にしておくことがある。それは，テクストの全体的なコードがフランス語だとしても，登場人物たちは相互に何語で話すのかという問題である。これまた自明の理とみえるかもしれない。スペインを舞台にした物語なのだからスペイン語にきまっている．．．。それでもしかしこれはテクストによって確認しておく必要があるだろう。というのも「私」が他者に出会う最初の場面からして，これは必ずしも自明とはいえないのだから。

　　　私は男に，タバコをおのみになりますかと訊ねた。「ええ，のみます」
　　　と彼は答えた。これが男の聞かせた最初の言葉だった。私は彼が s の
　　　音をアンダルシヤ風に発音しないことに気づいた。(I, 940)

自明ではないという理由は，まず，「私」が何語で問うたのかをテクストは明かしていないことである。もちろん，サロンでならともかく，スペインの人里はなれた土地で得体の知れない者に出会った「私」が，これにフランス語で話しかけるとは考えにくいという事情はある[1]。更に男の

返事，«Oui, monsieur» には，困ったことに s の音が入っている。それゆえ，アンダルシヤ風云々の指摘はフランス語での会話であったとしても無効ではない。作者は，男の返事について脚註をつけているが，これによって疑問はほぼ完全に拭いさることができる。曰く，

> アンダルシヤ人たちは s を気音化し，これを発音する時に軟らかい c や z と混同する。これらをエスパニヤ人たちは英語の th のように発音するのである。«Señor» の一語で，アンダルシヤ人を見分けることができる。(940, a)

アンダルシヤ人を見分け得るということは，逆に非アンダルシヤ人の見分けもつくということである。ドン・ホセはじつは «Si, Señor» と答えたのである。それは次のことを意味する。1)．他の作中人物の場合についてもそうだが，発言はほぼ一貫してスペイン語からフランス語に即時翻訳されること。「ほぼ」という理由は，発言のなかには，後に見るようにバスク語やボヘミア語によるものもあるからだし，他方，翻訳がなされないことも起るからである。2)．それにもかかわらず，上の例がしめすように，この翻訳の事実は明確な形では本文においても脚註においても指摘されない。これは，書き手が恣意的に決定し押しつけ，読み手が承認せざるを得ない暗黙の協約である。

　以上の予備的な考察によって，すでにテクストとしての『カルメン』の現実の一端，注釈の存在とともに翻訳の事実が明らかになった。いずれも異国的なものの報告において用いられる伝達の方法に他ならない。我々の考察にとってこれは重要な事項となるだろう。ところで他異性のテーマは，これを組織するいくつかの側面において検討することができる。まずそれは，作品の枠をなす仕組みのレヴェルにおいてどのように現れるのか。つまりテーマ構成の方法である。次に，これを有効に読者に伝えるために個々の文章はどのような配慮をもって書かれるのか。他異性の具体的な処理法である。そして最後に，それは作品内存在，すなわち作中人物をどのように規定するのか。機能である。これら三つの側面から主題を考察していこう。まず第一の問題をとりあげる。

II. 主題の網の目

「人は他者として生まれない。他者になるのである」。我々はこのもじりから出発することができる。どのようにして人は他者になるのか。『第二の性』の著者はヘーゲル哲学の言語でいみじくも書いている。

> いかなる主体もはじめから自発的に自己を非本質的なものとして設定しはしない。他なるものが自己を他なるものとして自己規定しつつ一なる者を定義するのではない。他なるものは，自らを一なる者として自己設定する一なる者によって他なる者として設定されるのである[1]。

つまり，人は自らを異人とはしないある意識，場所を得た，幸せな，多数を形成する意識にとって異人となり，これによって異人化される。自らを普遍者とする集団意識が特殊者をつくるのである。

1. 段階的構成

ところで作品における異人化は，ある段階的な構成をみせるように思われる。典型的には，フランス人の「私」が，「読者」に物語をよく理解してもらうために，「エスパニヤでは...」と事情の説明をする時，「私」と「読者」との暗黙の共同性を前提とするフランス（人）に対するスペイン（人）の差異がマークされる。これはたびたびおこる[2]。あるいはまた，ドン・ホセをスペイン人と思いこんでいる「私」による自己の心理の記述，「私はエスパニヤ人の性格を十分に知っていたので，私といっしょに食べ，葉巻をすったこの男を何ら恐れることはないと確信していた」（I, 941. 強調筆者）にしても，「私」にとっての異国人であるスペイン人のありかたをフランス人との差異性において明らかにしている。これらの例においては，差異の強調は必ずしも反目などの否定的な感情を含んではいないけれども，他者に他者としての刻印をおすことに変りはない。

同様に，バスク人はスペイン人にとって異人である。これを最もよく

示すのは，ドミニコ会士の発言であって，そこでは差異はいとも簡単に露骨な侮りとむすびつく（II, 954）。これは後に検討する項目となる。

最後に，ジプシーはバスク人にとって他者となる。いくらでもある件から一つを引用すれば，

> わたしの国でなら，こんな装いの女をみたら人々は十字を切らざるを得なかったことでしょう。セヴィリヤでは，誰もがこの女の風采になにか淫らなお世辞をなげかけるのでした。女は腰に拳をあて，いかにもボヘミア女らしく，厚かましい流し目をおくって応えるのでした[3]。

ドン・ホセのカルメンとの初対面の場である。ここでは，最後の « effrontée comme une vraie bohémienne qu'elle était »（直訳すれば「彼女がそうであったまことのボヘミア女らしく厚かましく」）という表現に注目しよう。バスクの女性とは違って，ボヘミア女は恥知らずである，という否定的な評価をともなう異人化が現れている。スペイン人のバスク人蔑視に類比した人種差別の感情である[4]。この主題は，大旅行家にして稀有の多言語習得者であったメリメの作品群に色濃く影をおとしている。西洋列強による植民地化，民族の混淆，東西交流のテーマをあつかう書簡もあるのだが[5]，ここでは言及するにとどめる。

以上の段階的な構成を図示すれば次のようになる。

　　　　フランス人 → スペイン人 → バスク人 → ボヘミア人　　（図式 1）
　　　　　　　　（矢印は異人化作用の方向をしめす）

すなわち，ボヘミア人を異人化するバスク人をスペイン人が異人化し，このスペイン人をフランス人が異人化するというわけである。これが他異性のテーマ構成の基本的なアスペクトである。図式をもっと精密にするためにいくつかのコメントが必要になる。

1). フランス人のスペイン人にたいする関係——これはもっと仔細に観察する必要がある——を別にすれば，特殊化はすべて侮りとか非難をふくんでいる。セガレンも言うように「差別は異なるものの感覚によってなされる」[6] からである。少なくとも異人化とは自己の属する共同体において「異分子」と見なされるものの弾き出しを意味する。あるいは逆に，弾き出されているがゆえに異人は他者なのである。異人化と排除と

第 2 章　他異性

はしたがって別のことではない。

　2). 上の段階システムは，いわゆる文化のレヴェル，すなわち西洋文明の「開花」の度合いの意識に対応しているように見える。スペイン人がバスク人にいかなる共感も同情ももたず，単に「ならず者」とみなす一方，フランス人には一目おいているとすれば (II, 954)，他方バスク人がボヘミア人を見下しているとすれば，それはいわゆる文明のレヴェルの信仰に則ってそうしているのである。

　3). しかしそれだけではあるまい。この異人化作用の方向は，先に観察した語りのシステム（第 I 章，I-4）とも関連しているであろう。フランス人がスペイン（人）を特異なものとして規定できるのは，これが総括的な語り手であるからであり，バスク人がボヘミア人を異者とし得るのは，これが填めこまれた説話の語り手であるからである。両人は，登場人物でありかつ語り手であるがゆえに，また視点の提供という特権をもつ。しかし他方，異人化作用は説話内での登場人物の発言においても認められることを忘れてはならない。スペイン → バスクの例がそれである。これまた，視野をひろげて，カルメンをふくむ作中人物におけるこの作用の現れ方を吟味すべきことを示唆している。

　4). テーマ構成が語りのシステムに関与するということは，上に示した段階が，まずもってフランス人と仮定される「読者」にとっての文化的・心理的な隔たりの段階でもあることを教える。「私」は語る人であり，しかもフランス語で語る人であるからして，フランスが同国人「読者」にとって最も身近なことはいうまでもない。スペインはすでに異国である。バスクは，文化的にはスペインよりもっと遠い存在であろうが，その距離はドン・ホセが語り手になるという事情で心理的には埋め合わされる。けれども，ジプシーにいたってはいかなる補償もなく，絶対に知られざるものとしてとどまる。

　第一の図式はこうして，いく通りにも重なった意味をもつことがわかる。けれども作品のテーマ構成を記述しつくすものではない。これはもっとずっと複雑だからである。まずフランス人は，スペイン人だけを特殊化するのだろうか。「私」はドン・ホセやカルメンとも直接にかかわるのである。この時に何が起こるのかを検討しなければなるまい。次に，

それはつねに一方向的にうまれる現象でもなかろう。カルメンとの出会いを語るドン・ホセの言葉（III, 957）には，「私」の口癖「エスパニヤでは...」に類比する常套句「セヴィリヤでは」があった。それは直前の「わたしの国でなら」との対比によって，セヴィリヤを，ひいてはスペインを差異において特殊化していたのである。同じことは他の人物，特にカルメンについてもいえないであろうか。これが今から検討すべき問題である。先ず「私」のケースから検討する。

2.「私」

ドン・ホセにたいして「私」は，最初の出会いにおける「スペイン人」と思いこんだ盗賊への好奇心を別にすれば，異国趣味というよりはもっと人間的な関心をしめすように思われる。両者はたがいに紳士としてふるまったし，そのことを後に悔いたりもする（II, 952）。「文学的な」関心もあった。男がバスク人だと判明した時の感慨がそれで，ほの暗いランプの下での「気高く」また「獰猛」でもある彼の顔に「私」は『失楽園』のサタンを連想したのである。「もしかしたら私の相手は，あの悪魔とおなじように自分が去った土地と過ちのために身に科せられた流謫のことを想っていたのである」（I, 943）。いわゆる影のある男の顔に「私」はロマンティックなイマージュを重ねる。ランプの光と影とは，この人物の光（生まれおよび本性）と影（生活）に呼応する。けれども，「私」がこれをバスク人ゆえに特殊とみる傾向を指摘することはできないように思われる。少なくとも差別の態度をみることはできない。

ドン・ホセに示す紳士的な礼儀にくらべる時，おなじ「私」が初対面のカルメンに見せる態度ははるかに微妙である。そこには，夕暮れ時に思いもかけず目の前に現れた若い美女にたいする旅の男の絶大な関心はもちろんだが，ジプシーに対するそれよりも先に，スペイン人に対する意識があらわれる。というのは，「私」ははじめ女をスペイン人だと思いこむからである。まず，コルドヴァにおける女性の服装をめぐる冒頭の感想に，ある奇妙な優越感が読みとれることを指摘しよう。

その女性は質素なあるいはおそらく貧しい服装で，夕方というのにたいていの蓮っ葉娘とおなじように黒ずくめだった。きちんとした女性たちは黒は朝しか身に着けない。彼女たちはフランス風によそおうからである。(II, 949)

二対の二項対比（フランス風／スペイン風，上流／下流）の組合せで組織されるこの文章において，「フランス風に」という表現は「きちんとした」(comme il faut) というプラスの評価に結びついている。ただ注意すべきは，この語句はテクストにおいて，斜字体のスペイン語で « a la francesa » と表記されていることである。そのことはこれが土地の人々の言葉の引用であることを示唆する。つまり，他ならぬスペイン人たちにおいて，上流すなわちフランス風という観念連合がみられるのである。あのドミニコ会士に共通するフランス・コンプレックスである。これは「エスパニヤ人たちのいわゆるフランス風に」とでも訳してよいだろう。軽蔑や拒絶をともない得る特殊化は，その逆のものを含意し，異なるものは願わしい模範ともなることがわかる。そして「私」は，フランスをモデルとする現地人の目でこの「スペイン」女を判断しているのである。外国にあっては人は自ら外人になるのであるから，現地人の目でものを見てしまうことはあらゆる外国人の多少なりとも経験するところであろう。あたかもちょうど反対に，外人とつきあう「内人」が外人の目で自己をみることがおこるように。

　「私」はさっそく葉巻をすてる。無心にではない。「その女性はまったくフランス的な礼儀からでたこの気配りを理解し，タバコの香りはとても好きなのです，と急いで私にいった」(949. 強調筆者)。「私」は，社交の普遍的な規範としてのフランス性を意識して女性にたいする態度を選んだ。しかし，彼女のしめす一見好意的な反応によって推測されるように「私」の慇懃さを女性が了解したとしても，彼女は「私」をフランスの社交人と理解したわけではない。それは，続く複打時計をめぐる微細な考察を必要とする逸話において明らかになる。タバコをきっかけに長い会話をまじえたあと，「私」は女にアイスクリームを食べにいくことを誘う。彼女はその前に時間を知りたいという。そこで，

私は自分の時計を鳴らした。この音は彼女をいたく驚かせたようだった。「なんて素敵なものが，外人さん，お国にはあるのでしょう。どちらの方ですか。多分イギリスでしょう？」
　　　　――「フランス人です。どうぞよろしく...」(II, 949)

　「私」の取った身振りのフランス的な性格は完全には理解されなかったのである。それに時計もけっしてフランス人に特有の持ち物ではない (III, 976 参照)。それはともかく，この「私」の行為をどう考えようか。もし懐中時計が時報を鳴らす時代のフランスでだったならば，これは子供が目をみはってよろこぶ無邪気な遊びかもしれない[7]。だがここではそうではない。「私」は自国の文明の卓越をしめす物品を誇示して相手の好奇心を煽り，歓心をひこうとしたのである。それに，「私」がこれを用いて悦にいるのは，偶発的な思いつきではないことを読者は知っている。コルドヴァのドミニコ会修道院でも「私」はおなじ仕種をくりかえしていたのだから (II, 954)。「私」がスペイン人と思いこんでいる女は，果たせるかなこれに引っかかるかと見える。彼女は誘いを受けいれる。しかし「私」の行為のもつ胡散臭さはいまさら語るまでもない。マテオ・ファルコーネに判断させれば十分である。以上は，フランス人がはからずも見せるスペインに対する優越感である。

　さて，この会話を契機にして，女は自分がボヘミア人だということを打ち明ける。そしてそこから「私」のボヘミア人に対する意識があらわになる。「私」の内的独白――「かまうものかと私は考えた。先週は追剥と食事した。今日はひとつ悪魔の侍女とアイスクリームをたべてやれ。旅行中は何でも見なくては」(II, 950)。女もまた，コーヒー店の蠟燭の光のもとに観察されるのだが，語り手はその観察を特徴的な用語で報告する。「そこで私はこのジプシー女をゆっくり眺めまわすことができた」。冒頭からこれはジプシーであり「魔女」である。「官能的」で「獰猛な」その目を「私」は「いかなる人間のまなざしにも」みたことがない，と思う。先に参照したドン・ホセの描写との類似とともに微妙な相違に気づく。両人を特徴づける表現は「哀しみのサタン」/「悪魔の侍女」である[8]。獰猛さは共通でも，一方は「高貴な」顔，他方は「官能的な」目である。そしてこの人間離れした目こそが最大の相違となる。「私」はスペ

インの格言,「ボヘミア人の目, 狼の目」を引合いにだしてこれを異常化する。こうしてカルメンはあるいは魔女との, あるいは獣との類似によって規定される。

　二つのコメントが必要である。まず堕天使／獣の対比は中世以来のトポスとしての天使／獣の対比の変異体である[9]。またそこには先に指摘した段階的なテーマ構成の恰好の例をみることができる。フランス→スペイン→ジプシーという段階である。格言はスペイン人によるジプシーの一般的な異人化作用を示しているし, カルメンと争った女工のカルメン＝ジプシー＝魔女というあてこすり (III, 959) はもう一つの例であった。

　最後に, 注意しなければ見逃しかねない事実を指摘しよう。出会った女性が何者なのかを知ろうとして「私」は一連の問を発するのだが, その一つにこれがある。

　　「それでは, ムーア人なのでしょうか。それとも...」。私は話しやめた。「ユダヤ人ですか」とはとても言えなかった。(II, 950)

　以上から,『カルメン』における異国性のテーマの段階的構成は, 先の図式を補う形で次のように描くことができる。

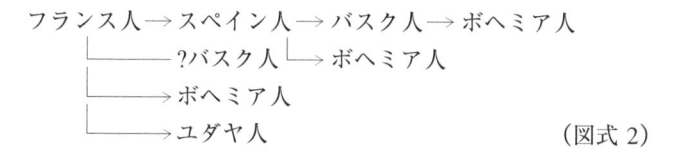

```
フランス人→スペイン人→バスク人→ボヘミア人
     └──────?バスク人└─→ボヘミア人
     └──────→ボヘミア人
     └──────→ユダヤ人                    （図式2）
```

否定的な感情をともなう異常化が顕著に現れないのは, 唯一「私」の対バスク人関係においてであることがわかる。

　さて, もうひとつ検討すべきは, 他異化は一方向的にのみなされるのかという疑問であった。特徴的な二人の人物であるドン・ホセとカルメンについて考察しよう。

3. ドン・ホセ

　「私」のドン・ホセにたいする態度との比較で, ここでは逆にドン・ホセの「私」への振舞いを取り上げる。カルメンにはフランス人であるこ

とを告げる「私」がドン・ホセに自己紹介をする文章はみられないが，彼の方は「私」の国籍や身分を知らないままに終るわけではない。彼は「私」に「国にお帰りになるとき，もしかしたらナヴァールをお通りになるでしょう」(II, 955) と言っているのだから。とはいえドン・ホセが「私」をことさら外人扱いすることはないようにみえる。同じことを我々は「私」のドン・ホセに対する関係についても見た。だがこれは微妙な問題である。

　カルメンにたいして印象づけようとするのが慇懃さであるように，正体不明の男をまえにして，「私」は同じような社交的善良さ (honnêteté)，磊落な紳士ぶりを発揮し，更に「スペインではスペイン人に従え」にならって，「客人歓待の義務」の関係を確立しようとつとめる。こうしてドン・ホセはてなづけられる。じっさい「私」が，物語のなかに現れる英国人たちと似た目にあっても不思議ではなかったことを忘れてはなるまい。それどころか「私」はドン・ホセにとって極めて重要な人物となるのである。まずカラス亭に一泊するという「私」に，ドン・ホセは「わたしもそこに参ります。もしお許し下されば同道いたしましょう」(I, 941) と丁重に申し出る。歌を所望された時，男は陽気にこたえる。「素晴らしい葉巻をくれる立派な方の言葉には従わないわけにはいきませんな」(943)。眠りにつく時には，「私のそばに横になる失礼を」わびる (944)。「私」とはいったい何様なのか。別れ際にうちあける「立派な人」には分ってもらいたいという自己告白の願望が第 III 章で実現を見ることはすでに指摘したのだが，フランス人の「私」こそがこの特権的な聞き役に選ばれる「立派な人」なのである。これが主人公にとっての「私」の第一の規定である。

　だがそれだけではない。というのも無法者における「私」への恩，敬意，そして友情は並みのものではなかった。じっさい，時計を盗んだ愛人がさらに所持金と指輪をとろうと望みそのフランス人を殺してしまいなさいと迫った時，彼らの間には「激しい口論」がおこり，彼は女をなぐってしまう (III, 984)。これは恋人たちの離反のプロセスにおける事件の一つである。「私」に対するバスク人の律儀さあるいは友情はカルメンに対する愛よりも強かったとすらいえる。登場人物「私」の第二の逆

第 2 章　他異性　　63

説的な機能とは，ドン・ホセのカルメンとの生活の続行にとってのいわば妨害者の役割である。

　主人公の腹心としての「私」はさらに決定的な任務をはたすことになる。死を前にした男は，他ならぬ「私」にカルメンと自分の救霊のために「ミサをあげさせてくれるよう依頼し」[10]，故郷なるパンプローナの母に形見のメダルをわたして自分の死を伝えてほしいと頼む (II, 955)。「私」とは，この流浪の若者がただ一人の地上の絆にかかわり更には永遠界にかかわる遺言の執行を委託する人物なのである。

　以上すべてはドン・ホセにおける「私」への絶対的な信頼を証明する。その場合，「私」の国籍や文化はいささかも関係しないと思われるかもしれない。けれども「私」の受けるこの無条件の信頼は，「私」がフランス人であるという理由に劣らずスペイン人ではないという理由によるものではないか，とも思われる。遠くの友は友ならざる近くの者たちよりはるかにずっと友だからである。もしそうなら，これは人種差別の一つの形に他なるまい。少なくともそれと不可分の感情であろう。この推論の仮設的な性格は，ドン・ホセのスペイン人にたいする感情を検討した後ではじめて取り除くことができるだろう。

4.　カルメン

　特殊な民として常民から拒絶される一方，ジプシーたちは逆に一種の優越感をもっていることを第 IV 章の語り手は指摘している。

> その貧困それに彼らが抱かせる一種の嫌悪感にもかかわらず，ボヘミア人たちは，あまり教育のない人々のあいだではある種の尊敬をうけていて，彼らはそれをいたく誇っている。自分たちを知性に関して優れた民族と感じていて，迎え入れてくれる民のことを心底みくだしているのである。(IV, 992)

逆差別の選民意識である。著者はヴォージュのあるボヘミア女の証言を報告する。すなわち「異邦人ってほんとにバカなの。あの人たちを騙くらかしたって何の手柄にもならないわ」(同頁)。(すぐ現れる「パイヨ」の代わりに書き手が導入したのかもしれない) この「異邦人」(Gentils)

なる語は，もとユダヤ・キリスト教徒たちにとっての異教徒，多神教の輩を意味していた[11]。それがここでは，ジプシーにとっての余所者，要するにヨーロッパのいわゆる文明人，多くはユダヤ・キリスト教徒に充てられているのである。この言語簒奪よりうまくジプシーの対他感情を示すものはない。

　他民族にたいする優越の意識はカルメン自身もしばしば表明している。ボヘミア女は「私」のことをその愛人に話しながら「その民に属さないあらゆる男（あるいは人間）を指す」« payllo » という語を用いる[12]。そして，上に見た感情がこの語にともなうことは，いくつかの件によって確認できる。まず同じ語でドン・ホセを規定する箇所——

　　　　あたし達の掟では，あたしはあんたに何の借りもなかったのよ。あんたはパイヨなんだから。でもあんたは美男だし，あたしの気にいったの。これで貸し借りはなくなったわ。さよなら。(III, 967)

集団内にある者のしたがう掟に拘束されないというのは余所者の特権である。だがそれは反面，除け者扱いをうけることに他ならない。惚れた男にとって女の世界から締めだされるのは嬉しいことではあるまい。排除されないためには，自分の掟を捨てて「ジプシーの掟を自分のものとする」しかなかった。女の方がジプシーでなくなる可能性はあったのか。だが女は「カッリとして生まれ，カッリとして死ぬ」(III, 987)。これが回顧的に与えられる否定の答えである。他の方策もなかった。軍隊に襲われた強盗団は首領のル・ダンカイールをはじめ他に二人の仲間をうしなう。自らも深手を負ったドン・ホセは，静養の期間に「生活をかえる」意図をもつ。「エスパニヤをすてて，新世界でまっとうに生きることに努める」(983, 985) という意図である。これを打ち明けられた女は，一笑に付す。「あたし達はキャベツを植えるのにはむいてないわ。あたし達の定めはパイヨを犠牲にして生活することなの」(983)。パイヨとして生まれ，パイヨであることを半ばしか捨てきれない男は，こうしてジプシーの共同体「あたし達」の間に留まる。他の道がとざされた常人は，不本意ながらとりあえず，「偶然的に」(980)，したがって不完全に自らをジプシーとするより他はなかった。

第2章 他異性

さて,「パイヨ」が明らかに軽蔑の付帯観念[13]をもつ例を挙げよう。危険をともなうあるイギリス人襲撃の計画において,カルメンはその夫ガルシアを先頭に立たせるよう勧めるが,「生粋のナヴァール人」(980)はそれを拒む。ガルシアにふくむところがあるとはいえ,彼は卑怯者になることを潔しとしない。女は生半可な愛人を罵倒する。「あんたってバカよ。間抜けよ。まったくのパイヨだわ。まるで,遠くまで唾をとばせた時に大きくなったと思いこむ小人みたいだわ」[14]。属詞パラダイムを構成する,したがってまたある意味で代替可能な一連の罵倒の語に注目しよう。「パイヨ」とは,小人と同じく馬鹿(bête)や間抜け(niais)の等価物なのである。

以上は,カルメンの見せる他民族にかかわる特殊化の例である。しかしそれで全てではない。先の図式に現れない他の二つの民を対象とした差別発言が見出されるからである。まずニグロ。男と女が初めて一緒に一日をすごした夕方,帰営をつげる太鼓の音にドン・ホセは兵営に帰るといいだす。「自由こそ全て」(963)のカルメンは彼をなじる。

> 兵営に? 彼女は軽蔑の表情で言いました。あんたニグロなの。人の意のままに動かされるなんて! 服だって性格だって,まったくのカナリヤだわ。さあ帰って。あんたって若鶏の心臓しかもたないのだから。(III, 967)

黒人奴隷を意味するこのニグロ(nègre)は「私」にとってのユダヤ人と同じく作品に登場するわけではないが,女の意識において,上記パイヨとは異なるもうひとつの範疇を構成している。ボヘミアの諺における侏儒と同様に,カナリヤや若鶏との比較に至るまで見下される一方の人々である。被差別民は差別民を逆差別するのみならず,他にもまた差別の対象をつくりだすことが分る。

もう一つは英国人をめぐる異人化である。作者のつけた脚注(949, n. 2)はある事実を教える。すなわち,商人ではないヨーロッパ人はみなイギリス人と見做されるほど多くの大英帝国の旅行者がスペインに来ていたことである。それゆえ,予想されるようにこの人々は『カルメン』においてもしばしば話題になる。まず英国人がカルメンにとって称賛の的

になっているかとも思われる例をとりあげよう。先に読んだ，コルドヴァにおける「私」のカルメンとの出会いの件を，今度はカルメンについて吟味しなければならない。女にとって珍しい複打時計を囮としての「私」の誘いに彼女は同意すると見えた。だが今やジプシーの「パイヨ」に対する感情を知っている読者には，彼女がそれほど無邪気であったはずはないと推測できるのである。そもそも彼女がタバコの香りは好きですといったのは異国の紳士が示した礼儀に礼をもって応えるためだったのか。時間を訊ねたとすれば，それは，相手が時計をもっているのか，どんな品物を持っているのかを知り，そして気にいるならばこれをくすねるためではなかっただろうか。物語は事実そのように進展し「私」は時計を紛失する（953）。「カルメンは貴方から時計をぬすみました」(984)，と後にドン・ホセも打ち明ける。褒め言葉の中で出てくる「イギリスの方ですか」なる問も単なる感嘆の表現として受けとるわけにはいかない。時計についての「これほんとに金製かしら」(951) の共示する好奇心が無邪気なものではなかったのと同様である[15]。以上があの微妙な場面のもうひとつの，しかし先の読みと矛盾しない読みである。あの素晴らしいと思われた出会いとは，実は狐と狸の出会いであった。

次に，頻繁にあらわれるイギリス人の扱いについて簡単に触れておく。ジブラルタル近くで，シャツや金銭，そして（複数で表記される）時計——富と産業，あるいは文明の象徴[16]——を強奪される二人の英国貴族（III, 976）。同じくジブラルタルで，カルメンを「囲う」もう一人の大金持ちの貴族。カルメンとドン・ホセは，この男を前にして男が解しないバスク語でさんざんこれを愚弄し (978–979)，そのあげく「愚か者」は「勇敢ではあった」(981) もののあえなく落命する。さらにガルシアも，「ザリガニ」（イギリス人の醜名）への「数多くの悪ふざけ」(977) に言及している。せいぜい端役としてしか登場しないとはいえ，以上は，例外なしに金持ちで貴族 (milord) のイギリス人が格好のかもになる事実を語っている。彼らが「みな金持ち」で「金持ちのイギリス人がロード」と呼ばれるのは，フロベールのいわゆる常套観念である[17]。この民はつねに侮りの対象であり，典型的な「パイヨ」に他ならない。ここには，書き手による紋切り型表現の意図的な利用を見ることができるし，他

方，書き手の人格レヴェルにおける隣国人に対する一種のライヴァル意識を，でなければ少なくとも揶揄を読みとることができる。

こうして，先の図式は次のように補正される。

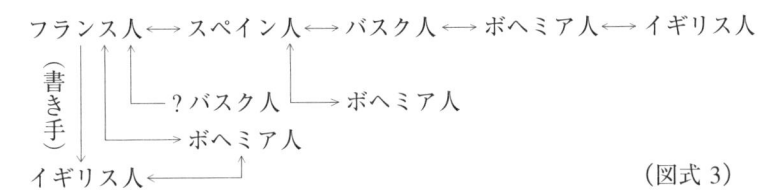

```
           フランス人 ⟷ スペイン人 ⟷ バスク人 ⟷ ボヘミア人 ⟷ イギリス人
  (書き手)     │    ?バスク人 ─── ボヘミア人
           │  └─ ボヘミア人
           イギリス人 ←───────┘                          (図式 3)
```

図式で表現できない二つの関係，スペイン人のイギリス人についての感情はドミニコ会士の対フランス人感情から類推できるかも知れない。逆に観光地で豪遊するイギリス人のバスク人やスペイン人に対する見方は推して知るべしであろう。それに括弧つきでニグロとユダヤ人とをつけ加えなければならない。要するに他異性は甚だしく複雑なシステムを形成していることを確認しよう。以上でテーマ構成についての考察をおわる。続いて全体から部分へとうつり，具体的な文章のレヴェルにおける処理法を観察しなければならない。

III. 未知なるものの既知への還元

作家が書く事柄は，それについて多かれ少なかれ知らない他人にあてられるのであるから，いかにしてこれを分ってもらうかということが作家の解決すべき問題となる。しかし全てを完璧にのべることは可能でもなく必要でもない。「状況の文学」についてサルトルが書いているように，「たとえ作家の意図がその対象のもっとも完全な再現を与えることにあるとしても，全てを語ることは問題にならない。作家は言う以上のことを知っている」[1]。作家と読者の間には伝達の条件である広義のコンテクスト[2]，つまり共通の思い出とか知識，社会や政治や文化上の状況があって，数語の言及や暗示でことたりることも多い。しかし事が外国や異文化にかかわる場合には両者をつなぐ共同性は希薄になり，そのために物語の理解を補助するための説明や解説が必要になる。説明しなけれ

ばもちろん，十分の説明を与えているつもりでも，対象を知らない者や別のことを体験している者には，話が十分に伝わらなかったり，もしくは誤解されてしまう。この，ある意味で豊かな危険を避けることはできない。それゆえ書く行為は，読み行為とともに賭なのである。ともあれ，作者もしくは語り手が，読者もしくは聞き手にとって未知の（と想定される）事柄を何らかの仕方で既知の領域に近づけたり，それと関連させたりする配慮は少なくとも常識的には必要であると思われる。

　サルトルは例を挙げて説明する。

　　　もし私がドイツによる占領をアメリカ人読者に物語るとすれば，多くの分析と注意とが必要になるだろう。先入観や偏見や伝説をはらいのけるために20ページを費やすかもしれない。その後で私は，一歩ごとに自分の位置をたしかめ，我々の歴史を理解するうえで役立つイマージュとか象徴とかを合衆国の歴史のうちに捜さなければならないだろう。（引用書，pp. 117–118）

似たことはエグゾティスムの文学についてもいえる。もちろん語り手は，自ら異国にあって体験したことや異国について夢想したことをおなじ文化共同体の読者にあてて語るのであるから，読者がではなく対象がコンテクストの外にある。先にその事実を確認した注釈は，異国の事物の共通言語での表現つまり翻訳とともにこの意味での情報補足の手段である。しかしここには，サルトルがそのいわば透明性を要請する散文観のために予想していない根本的な問題があって，それは今のべてきた「常識」に再検討を迫るのではないかとの予感を筆者はもっている。実際，作家が様々の方策を駆使して読者に分らせる時，文学のコミュニケイションにはいかなる事態が生ずるであろうか。だが急ぎすぎてはなるまい。

　それというのも，まず吟味しなければならないのは『カルメン』における異性伝達の方策，つまり未知を既知に変えあるいはそれに関連づける手法のあり方である。異性を示すものは，既知のものへと再処理を受けるか受けないかのいずれかである。そしてこの処理は，本文でなされるか脚注でなされるか，もしくはそのいずれでもあるか，である。よって観察事項は四つに区分することができる。本文での処理，脚注での処理，本文および脚注での処理，そして最後に処理ゼロ。以下この順序で

検討する。

1. 本文での処理

　本文における処理にもいくつかの方法がある。外国の事柄を名指すために原語を用いる場合とそうでない場合とがあるし，後者には大別して翻訳と解説とがある。それゆえここでも分類するのが適当であろう。

原語＋解説
　すでにお馴染みの語からとりあげよう。侵入してきた男にむかって，ジプシー女は「彼女がすでに私の前でもちいた謎の言語で」なにかいう。

> 何度もくりかえされたパイヨという語だけが分る言葉だった。私はボヘミア人たちがその民にとって全ての余所者をこう呼ぶことを知っていた。(II, 952)

理解できない発言の意味を復元する術はない。「私」が知覚し報告できるのは意味のわかった《 payllo 》という単語だけである。ところで，「私は知っていた」(Je savais que ...) という文章は，読者にとっては単語の意味に関する解説の機能を果たしている。それは，説話のなかでも端的に行為・事件を語る単純過去の言表においてではなく，状況を描く半過去の文脈においてなされている。解説を行うには，純然たる事件の語りを中断せねばならないからである。
　筆者による調査では，「私」によるこの種の処理は極く少ないと思われた。じっさい意外なことに，「私」がスペインやバスクについてこの種の解説をすることはなく（「私」あるいは作者は別種の処理を行うことが多い），ジプシーについても上の例しか見出せなかった。「私」はボヘミア語を知らないからである。一方の語り手となる登場人物「私」と他方で書き手と重なる第四章の「私」とでは，知識の幅にズレがあるのである。そして前者よりはドン・ホセの方がジプシーにかかわるインフォーマントになることが分るであろう。
　これを確かめるまえに奇妙な例をあげておく。どこで「夜をすごす」

つもりかと問われた「私」が « la venta del Cuervo » に行くと答えると，男は即座に「ひどい宿（gîte）だ，貴下のようなお方には」(I, 941) と口をいれる。この遣り取りにおいて，スペイン語の単語は一種の定義，慣用的語義の説明[3]をうけている。« venta »（宿屋）とは « gîte »（ねぐら）の外延に属している。「私」が「読者」に解説しない語を，ドン・ホセが翻訳まがいの形で説明しているのである。我々がこれを解説と判断する理由は，« venta » にもっと良く対応する訳語なら « auberge »（宿屋）があることである。しかしここで翻訳と解説の区別は微妙であることを認めなければならない。« gîte » には，少なくとも現代では宿屋の一種としての「民宿」(gîte rural) の義もあるからである。

　さて，語り手ドン・ホセによるジプシーにかかわる解説を見よう。カルメンは伍長に見逃してほしいと依頼し，交換条件としてひとかけらの « bar lachi » をあげる，という。フランス語に即時通訳されるスペイン語での発言の中に，彼女はボヘミア語の術語をいれ，かつそれを説明する。関係代名詞節「これであなた，どんな女からでも愛されるわ」がそれである。« bar lachi » とは媚薬であることがわかる[4]。語り手はこれをなおも「私」に解説する。

　　　bar lachi というのは磁石です。ボヘミア人たちは，使い方を知っていればこれでいくらでも魔法ができるというのです。その粉末を一つまみ白ブドウ酒にいれて誰かある女に飲ませてごらんなさい。女はもう逆らいません。(III, 960)

ドン・ホセはここで物語を中断し，説話を談話（現在時制，二人称での話しかけ）にきり換えて，補足のコメントを入れる。この説明は「聞き手」の「私」を通じて，そして「私」は聞いた話を書き下ろすのであるから，現実の読者に宛てられる。作中人物が自らの発言についてその対話者にむけて行うように，「語り手」ドン・ホセもまた，自分が展開しつつある説話をメタ言語をもって解説するのである。もっと簡単な解説には，「ジプシーのダンス」と解かれる « romalis » (III, 964) の例がある。語り手が，異国の事柄のインフォーマントでもあるとすれば，ドン・ホセは十分にその役割をはたしている。

第2章 他異性

　ところで、「私」にしてもドン・ホセにしても、語り手はまた作中人物でもあるのだから、全知ではない。彼らには自分で十分に知らないことや全く分らないことについて語らざるを得ないこともある。こうして解説の部類には、主観性の刻印をおされた表現が現れることになる。例えば推測という形でのコメントである。先程あげたばかりの、カルメンが「私」に分らない「謎の言語」でドン・ホセに話した時がそうで、「私」には「パイヨ」なる語しかわからない。だが、話題になっているのは「自分のことだと想定して、これは面倒な談判になるぞと覚悟していた」(II, 952. 強調筆者)。「私」とドン・ホセとが顔見知りだと判明した後でもカルメンはボヘミア語で話しつづける。

> 　私には、彼女が何かをするように激しく彼に迫っているようにみえた。彼はそのことにためらいを見せていた。それが何なのかは、彼女がその小さな手を顎の下ですばやく行き来させるのを見て私には分りすぎるほど分ると思った。誰かの喉を切ることだと私は思いたくなった。そして、それは私の喉のことではなかろうかという気がした。(953. 強調筆者)

言語に通じない「私」が頼りにするのは視覚だけである。こうして引用文は視覚にかかわる語と視覚に由来する主観的な表現とで特徴づけられる。すなわち《 il me sembla…, il montrait…, je croyais…, à la voir…, j'étais tenté de croire…, j'avais quelques soupçons… 》他方、この場面でカルメンが「自分の言葉」でドン・ホセに話すのは、彼と彼女の形成する意味の「磁場」から「私」を排除することを意図してである。このような伝達コードとしての言語の選択が連帯性を確立し、同時に第三者を排除する状況に読者は何度も出合うであろう（これは後に検討する）。

　推測に訴えざるを得ない事態は、軍隊を逃亡する契機になる事件に際してドン・ホセにもおこった。中尉とあらそって額に負傷し、カルメンともう一人のジプシー女の介抱をうけた時である。彼女らのボヘミア語による会話を彼は「医学上の診断であるらしかった (III, 971)」と推測する。状況に埋もれた「世界内存在」にとって、その認識を外から保証する権威や真理はない。作中人物が事件の証人として語るかぎりで、そ

して語りは事件より後になされるという理由で，説話はこの事件と説話行為とのあいだに流れた（と仮定される）時間に獲得された知識を利用できるだけである。「のちに私は知ったのだが...」（II, 951）というのがその典型的な表現法である。以上が，異性解消の手法としての解説である。

　それが甚だしくなければ解説は不要になる。翻訳ですむからである。

原語＋即時翻訳

　全体的なコードとしてのフランス語のなかに元の外国語が残っていて，これが目の前で翻訳されることがある。つまりあたかも何か小さな仏和辞典がおこなうように，共通語における「対応する」単語が加えられるのである。たとえば«gaspacho»は，グルメの諸氏なら目を疑うだろうがただちに「一種の唐辛子サラダ」と訳される（I, 943）。同じくカルメンが用いた未知の言語を「私」は，「後にrommaniすなわちchipe calliだと知った」（II, 951–952）と述べるが，これらボヘミア語の単語は即座に「ジプシー達の言語」と訳される[5]。まるで三ヵ国語辞典である。

　先に指摘したが，第IV章の「語り手」はすぐれてボヘミア語のインフォーマントとなる。例えば«romé»は「夫婦」と（IV, 990），«Singo, singo, homte hi mulo»は「まもなく，まもなく，この人は死なねばならない」（991）とおき換わる。最後の2ページ（993–994）には例が多い。ドン・ホセによる翻訳も例をみる。まず，ドン・ペドロ王の愛妾マリア・パディリヤについて，「これは，Bari Crallisa，つまりボヘミア人たちの偉い女王であったということです」（III, 987）と言う。

　ドン・ホセによる翻訳には見過ごしかねない奇妙な例が発見される。自分を引っ立てていく伍長をバスク人だと推察したカルメンの突然の台詞，「Laguna, ene bihotsarena，親愛なお兄さん，あなたお国の人でしょう？」（III, 960）がそれである。冒頭のバスク語での呼びかけは直ちに«camarade de mon cœur»という同格のおき換えを受けているのだが，カルメンは，バスク語で呼びかけた後これをすぐスペイン語でいいかえ，次いで続く問いかけを発したのか。それとも，「かなりよくバスク語を知っていた」という女は問もまたバスク語で発したのか。もし後者で

第 2 章　他異性

あったならば（彼女の発言のバスク人へのインパクトから見てそのように判断せざるを得ない），頓呼における元の語と訳語との冗長的使用は，カルメンのセリフに属するわけにはいくまい。語り手ドン・ホセが，直接話法でカルメンのバスク語での発言を忠実にスペイン語に翻訳しつつ報告しながら，実は同時に原語を復元してそれを訳文中に残しているのである。つまり頓呼のみはバスク語で復元しかつ即時通話し，問いについては翻訳だけですませているのである。語り手は，「聞き手」への慮りからここで恣意的なコード決定を行っているということができる。

同じことは，続くカルメンの身の上話についても確認できる。彼女がこれをバスク語で演じたことは，コメントする語り手のメタ・テクストのなかに「彼女はひどいバスク語を話していた」(961) とあることから明らかなのだが，この虚構の自伝言説の中にバスク語の単語が見られる。« barratcea » および « maquila » である。こうして語り手はある語や表

展　望（2）

　周知のように，「エグゾティスムの文学」はまずその主題によって規定される。定義上，それは書き手そしてとりわけ読み手をつつむ文化状況の外にあるものを対象とする。ところで，文化が知識の形であり限界でもあるとすれば，この限界の外にある事を内にある者にむけて伝えることはけっして自明のことではない。読者は問題になる事柄（指示対象）や社会的「文脈」を多かれ少なかれ知らないのであるから，外のものは内なるものに，他なるものは自己に，そして異なるものは同じものに還元し少なくとも関連づけるのでない限り，十分なコミュニケイションは望めないであろう。しかしその時，はたして読者は他なるものを他なるものとして知ったことになるのであろうか。知ったと思うことは，もしかしたら実は自己自身のせいぜい可能的なパラディグムにすぎないのではないだろうか。異性は同化しなければ理解されないが，逆に同化されれば消滅するからである。まさにそこにエグゾティスムの文学にとっての根本的なディレンマがある，と筆者は予想している。しかしそれを問うためには，未知のものの既知なるものへの変換がどのようにしてなされるのかを仔細に観察しておく必要がある。

現は原語で伝え（ボヘミア語のことも多い）[6]，残余はスペイン語で報告するという選択をし（これを書き手が仏訳する），また異語については，時としては通詞（あるいは外国語の教師）の機能もはたすのである。以上が『カルメン』における即時翻訳のあり方である。

　異国の事柄は，すでに処理をうけた形でテクストに現れることも多い。原語を省略してフランス語で記述ないし命名される物・事・語がそれである。

フランス語での命名・記述

　もし語り手や書き手が，スペイン，ジプシー，バスクその他にかかわる事柄を常に外国語を紹介しつつ提示するとしたら，究極的にはフランス語で語りあるいは書くということはできなくなり，フランス人と仮定される読者への伝達そのものが困難になる。もしくは作者は平行的に二つのヴェルシオンを与えることになりかねない。そこまでいかなくとも，あまりに多くの異国語をふくむ小説は読む者にとって煩わしいだろうし，わざわざ原語をあたえなくてもフランス語で表現すれば十分のこともあるだろう。この翻訳済みという処理法は語りのエコノミーの原理に由来すると考えてよい。いくつかに限って例をあげる。

　　　東方においてパンや塩を分け合うのとおなじように，エスパニヤでは，葉巻を与えたり貰ったりすると客人歓待の義務の関係になる。(I, 940)
　　　エスパニヤではどこにでもマンドリンがある。(I, 943)

これらにおいて，話題となる事・物はことさらに外国語で指呼されることはない。イタリア語起源の « mandoline » は18世紀半ばにはフランス語に入っていた。人々の習慣や物の考え方について同じで，「客人歓待の義務」も « relations d'hospitalité » とただフランス語でいわれる。先に引用したスペインの格言「ボヘミア人の目，狼の目」(951)とかナヴァールやバスク地方の百姓娘の身なり (III, 957)，それとの対比で描写されるカルメンの装いについても同様である。

　すでに処理をうけた表現の部類で目立つのは，何より固有名詞である。Espagne といった大きな単位から街路の名にいたる地名 (Andalousie,

937 ; Havane, 940 ; Cordoue, 940 ; Saint-Roc, 977 ...）は，人名（神話や古代史上の名：César, 937 ; Pompée, 938 ; Gédéon, 939 ; Diane, Actéon, 948 ... から作中人物の名：Don José, 942 ; Dorothée, 969 ; Le Dancaïre, 972 ...）とともに枚挙にいとまがない。中には部分的にしかフランス語化していない奇妙な語もある。José-Maria, 942 ; Don Pedro le Justicier, 966（これは脚注では don Pèdre とも「翻訳」される）などである（この部分的な翻訳の問題はまた後にとりあげる）。

　二三の奇妙な事例を指摘しよう。

　カルメンの素性を知ろうとした「私」は，彼女に，「天国から二歩のところにあるイエスの国の方でしょう」と言うが，このアンダルシヤを意味する隠喩を「私」は，「（よく知られた闘牛士である友人フランシスコ・セヴィリヤから教わっていた）」，と，本文中に括弧つきのメタテクストを挿入して説明している（II, 950）。これがスペインでどれだけひろく用いられた文彩であるのか筆者にはわからないが，少なくとも翻訳，いわゆる直訳であることにかわりはない。なお作者が，本文中に括弧を用いて注記することはほとんどないことも指摘しておこう（cf. 955）。まもなく取りあげる脚注での解説とかその他の処理がはるかに多く用いられるのである。

　もう一つはセヴィリヤのある通りの名にかかわる。すなわち，

　　ボヘミア女ははじめは黙っていました。けれども，蛇通りにきますと，——貴下はこの通りのことを御存知ですね。こんな風によばれているのは，それがくねくねと曲がっているからですが——，女は ... （III, 959）

ドン・ホセが街路の名の由来を説明しているのだが，「蛇通り」（la rue du Serpent）という語り手および書き手の共同責任である訳語には問題があることが，マリオンとサロモンの注釈によって知られる。まず不正確さ。これはスペイン語では « Calle de las Sierpes » で，文字どおりには « rue des Serpents » と複数になるべきだという。この誤訳は，書き手の記憶違いというよりむしろ勘違いによって紛れこんだと思われる。その名前はある店の複数の蛇をもちいた標識（enseigne）に由来するらしい（n. 4,

p. 1577）からである。つまり原語からの翻訳処理のプロセスにおいて，隠喩が換喩にとってかわったのである。

　フランス語だけでの記述はプロセスの省略であり，一種の短絡に他ならない。というのも，テクストの生成過程，つまり ① 作中人物がバスク語とかボヘミア語で発言したことを，② 語り手（たとえばドン・ホセ）が翻訳ないし解説してスペイン語で「私」につたえ，③ それをさらに，書き手となった「私」がフランス語に翻訳しまた時には解説するという経過が，段階を省略して一挙に ③ の形で実現されるからである。

　ところで語り手は，時にはこの伝達プロセスのある段階を明記することもある。この例を最後にみておこう。ドン・ホセがカンテラ通りはドロテの家で，カルメンと一緒にやってきた自分の属する連隊の中尉に出くわした時，「『早く逃げて』と彼女はバスク語で私に言った」(III, 970. 強調筆者)。とっさにカルメンは中尉には理解できない言葉を発したというわけである。もっともこういう切羽詰まった状況での発言は，まもなく他の例もみるが，言語を知らない者にも大体のことは察しがつくのであって，発言自体にそれほどの意味があるわけではない。それでもこの件は，登場人物の伝達コードを明示する限りにおいて，エクリチュールとしての作品の生成プロセスの一端をあかすことに変りはない（cf. II, 952）。更に機能についても，この件は，すでに触れたように特定言語の選択が共犯（ここではカルメンとドン・ホセ）/ 疎外（中尉）の手段となる事実を示す点で注目に値する。

　以上で，本文における異国性の処理法の記述をおえる。次は脚注の問題である。

2. 脚注での処理

　その演劇作品と同じく，メリメの小説テクストはすこぶる多くの脚注をともなっている。まず最初期の『クララ・ガジュルの演劇』(1826–1829年)は，そのおさめる戯曲の劇行為がいずれも異国に設定されていること——空間的距離——があってか，どれにも多かれ少なかれノートがみられる。またそれにつづく，といっても「ガジュル」(GAZUL) なる架

空の人名がアナグラムとして利用される事実によって構想をそれに関連づけることのできる『ラ・ギュズラ』(La *GUZLA*) は,「ダルマティア・ボスニア・クロアティア・ヘルツェゴヴィナで収集されたイリリック詩選」[7] と題するだけあって,ロマン派風のいわゆる地方色ゆたかな「毀れた物語」——民族楽器ギュズラにあわせて歌われるという——の寄せ集めであるが,そこに付された脚注は枚挙にいとまがない。他方,『1572年。シャルル九世年代記』(1829年) でも注釈は多いが,それは,作品の舞台が宗教戦争の時代のフランスであるという事情,つまり時間的な隔たりそして社会状況の相違のゆえに必要になったと考えられる。同じ事情が,シェイクスピア,ユゴー,サルトルを思わせずにはおかない革命のドラマ,フランス中世最大の農民一揆を主題とした『ジャックリーの乱』(1幕36場) の65箇所におよぶ注釈を説明する[8]。主題において『チェンチ家の人々』(A. アルトー) と競う『カルヴァジャル家』(1幕8場)——これは17世紀の新大陸を舞台としたスペイン系一家のドラマである——の9個のノートについても同様である[9]。

けれども,書き手と読み手とのあいだに共通の文化的コンテクストの欠如をまねきがちな歴史的距離や空間的隔たりは,注釈の使用をうながす条件であるとはいえ,けっしてこれを絶対的に要請するというものではない。作家には,読者の知識の程度が低ければ低いほど事情を解説する必要があるという先に参照したサルトルの議論は,こういう限定をつけた意味でしか認めることができないと思われる。たとえば,本質的に読者にとって非日常的な世界を話題にするエグゾティスム文学の巨匠,希代の流行作家であったピエール・ロティの作品には,脚注はあるにはあるがそれほどの数ではなく,それもかなり遠慮ぶかいものが多い[10]。メリメの場合も,イタリアで展開する物語 *Il Vicolo di Madama Lucrezia* (1846) やアルジェリヤを舞台とした物語 *Djoûmane* (1873) には注は無い。以上の事実から次のことを仮定することができる。注釈の有無は,おそらくジャンルの,したがってまた相関的に文体の要請でもあるだろうということ,つまりどのような作品を作者は書こうとしているのかという問題である。そして,メリメの文学は全体として,(ロティの場合とは逆に) これを必要とするジャンルからそうでないものへと時間的に変

化したということである。

　中期の作品について観察をつづけると，1810 年代のコルシカを舞台にした物語『コロンバ』（1840 年）はプレイヤッド版で 131 ページをしめるのだが，合計 27 の注釈をもつ。話が「現代の」フランスに位置する『アルセーヌ・ギヨ』（1844 年）は 45 ページのテクストに脚注は 1 個あるのみだし，おなじく『オーバン神父』（1846 年）は，1844 年から 45 年の日付をもったフランスで書かれたという 6 篇の書簡からなっているが，15 ページで注釈は 1 個にすぎない。それに対して，58 ページの作品である『カルメン』（1845 年）の物語は大小さまざま実に 44 箇所の注をふくんでいる。その内訳は，第 I 章に 2，第 II 章に 4 そして殊に第 III 章では 38 となっている。ちなみに第 IV 章は 1 個の注釈しかふくまない。じっさい，この小説における注釈の多さはメリメ全作品のなかでも顕著な特色なのである。それゆえ，この事実を無視して『カルメン』を語ることはできないと筆者には思われた。

　まず注釈の機能，そして言説としてのその特徴について考えなければならない。

注釈とはなにか

　注釈とはテクストについてのテクスト，すなわちメタテクストの一種である[11]。その本質的な機能はテクストで与えられる情報を補足することにある。本文の命題や登場人物の発言の理由や事情を明かし（例えば 940, 949），表現の意味や語源を解説し（949, 956），翻訳し（950, 960），省略をおぎないまたは変形したものを元の形にもどし（943, 965），留保をつけ例外を挙げ（954, 989），機先を制して可能な誤解をとき（971），あるいはテクストにちなんでおまけの情報を提供する（949, 966）。

　メタテクストである点では同じだとしても，物語テクストにおいて注釈がその本文にたいしてとる関係は，たとえば論説タイプの文章においてそれが本文にたいしてもつ関係とちがって，独特のあり方をもつように思われる。というのは『カルメン』第 III 章が明示するように，本文が口頭で語られた言説の記録とみなされるのにたいして，他方の注釈はそ

第 2 章　他異性

れに属さないように見えるからである。相関的にこれは聞き手にあてられるのではないと思われる。

　このことを明らかにするためには，注釈が言説としていかなる特徴をもつかを考えなければならない。例をとろう。『カルメン』最初の脚注はスペイン人たちの s の発音における地方差の指摘であった。再び引用すれば，「アンダルシヤ人たちは s を気音化し，発音において z や軟らかい c と混同する...」(940)。早速この文の時制が現在で，人称は一人称でも二人称でもないことに気づく。これは三人称というより，バンヴェニストにしたがって「無人称」というべきであろう[12]。もう一つの例，「スペインの騎兵隊はすべて槍で武装している」(961)。およそ半数のノートはおなじ時制と「人称」で書かれている。これに劣らず多いのは名詞構文，つまり文法的に一種の不完全文である。たとえば，本文中の « Provinces » なる語を省略をおぎないつつ解説する「特権をもつ地方」(943) ではじまる注，« neveria » の転義を説明する「氷室あるいはむしろ貯めた雪をもつコーヒー店」(949) という注である。後者には限定詞（冠詞）すら付されていない。同じことは « maquilas » についての「バスク人たちのもつ鉄をうちこんだ棒」(956) にも見られる。これは辞書が語義の定義においてもちいる言語に他ならない。厳密な意味では文法性を欠いているか，それを備えている場合には人称性を奪われている。これが注釈言語の特徴である。このことは，注釈というものがほぼ全体として（バンヴェニストにとっては）パラドクサルな言語によって記載されることを意味する。つまり，それは人称性を欠くがゆえに「談話」ではなく，現在時制であるがゆえに「説話」でもない。学術論文の文章か，でなければ辞書の記述に相当する。

　以上は世の大部分の注釈がしたがう限定であろう。ところがメリメの注釈には，これらの部類から逸脱するものがある。それは二種類に分かれる。一はその中に私 (je) が介在するテクスト，バンヴェニストのいわゆる人称的な「談話」である。一は単純過去を時制とした注，「歴史的説話」である[13]。前者の例は二箇所に見られる。

　　...名誉なことに，私はカルキスで « Milordos Phrantzesos »（フランス人英国貴族）とのふれこみで紹介されたことがある。(II, 949, n. 2.

原文のギリシア文字はラテン文字で表記する）

　ドイツのボヘミア人たちは，《 Calé »なる語を完全に理解するとはいうものの，こう呼ばれるのを好まないと私には思われた。彼らは仲間うちでは互いに « Romané tchavé » と呼び合っている。(IV, 989)

　この自伝言説の私とは誰なのか。複合過去の時制がその標識となる談話による説話行為の一ジャンルである自伝は，先に示したように[14]，発話（書記）主体の私，いま・ここの私が，過去のある時点からここまで来た私，持続している私について語る。そしていま・ここにいるのは誰かといえば，それは登場人物でもなく語り手でもなく，書き手である。つまりこの「私」にかかわる記述は書き手の責任においてなされる言表である。ただしある識別が必要になる。それはこの言表者は純粋に書くかぎりにおける主体ではなく，それと連帯しながら識別もされる指示対象，生活するかぎりにおける人格を指示するという事実である。要するに，上の引用における「私」は，一方においてはカルメンと同等の資格で登場する人物の「私」から判別され，つまり「脱虚構化」され，他方においては純粋の書記主体であるペルソナとしての「私」からも識別される二次的レヴェルの，いわば寄生した「登場人物」ということができる。まったく類比的に，第 III 章においてとりわけ頻繁な脚注は，語り手ドン・ホセが聞き手「私」にあてた発言でないことは明白であろう。聞き手「私」が書き手となった時につけたものである。

　このことはなお次のようなノートの存在をもって確認することができる。ドン・ホセの受けることになる刑についての文章――

　　1830 年にはこれはまだ貴族階級の特権であった。今日では，立憲制のもとで，平民たちも鉄輪による処刑をうける権利を獲得している。(954, n)

第二文が複合過去（ont conquis）を時制としているこの脚注は，物語の年代 1830 年と「今日」(aujourd'hui) といわれる出版の時 1845 年とを区別することを許し，しかもこの発言ができるのは書き手以外にはあり得ないことを教える。ドン・ホセはいうまでもなくすでにその架空の存在を終えたと見なければならないからである。こうして脚注とは書き手がもっぱらにする権限の行使であり，相関的に説話行為と書記行為とは

第 2 章　他異性

峻別されなければならないと断定することができる。

　もうひとつの珍しい注釈は単純過去時制によるそれであって，二つの例を見る。いずれも民間伝承を報告している。カンテラ通りの名の由来を説明する長いノートの書き出しをみよう。

　　我々が「残酷王」とよんでいる［...］ドン・ペドロ王は夜セヴィリヤの通りを歩きまわるのがすきだった。［...］ある夜のこと，とある辺鄙な通りでセレナードを奏でていた男とあらそった。闘いになって，王は恋の騎士をころした。剣の音に，ある老婆が窓から顔をだした15)。

一人称複数の現在形の談話（nommons）からはじまり，半過去（aimait à se promener）を介して純然たる説話，つまり単純過去の文章（il se prit de querelle...）に入っていく部分である。ペドロ王にかかわるもう一つの例においても導入の手続きは必要になる。

　　マリア・パディリヤはドン・ペドロ王に魔法をかけたとして非難された（On a accusé）。ある民間伝承によれば（rapporte），彼女は女王のブランシュ・ド・ブルボンに金の帯の贈り物をしたことがあって（elle avait fait présent），これが惑わされた王の目には生きた蛇かとみえた（parut）。王がこの不幸な姫につねにしめした（montra）嫌悪はそこからくる16)。

文章がいかにして非説話から説話に変貌していくかをみせる件である。

　これらの例はまず少ないという理由で，また説話はけっして藪から棒になされはしないという理由で，厳密な意味での説話言表が注釈には本来なじまないことを示していると思われる。それでも書き手は，ドン・ホセの語りのまさに余白に，自伝的な物語のみならず「歴史的」説話を書きこむことをあえて辞さないのである。語り手および書き手という二重の発話主体が並びたって，形式からして密かに通じ合うことの不可能なこの第 III 章こそ，また脚注がもっとも多い章であるというのは驚くべき事実である。あたかもメリメは，自分の設けた語り手に任務をまかせることができず，終始これに同伴しつつ，陰に陽に介入してはその説話を補足する言葉を欄外に書きこんでいくのである。

　最後に，第 IV 章に注釈が少ない事実を考えなければならない。それはこの章が全体として，書記主体が担当する補足テクストの性格をもつ

という事情によって説明できる。第 I 章から第 III 章までのテクストについて書かれたメタテクスト，作中人物カルメンを契機として補足されるジプシーについての様々な民族誌的情報，一言でいえばこれが第 IV 章である。つまり脚注にあってもよいはずのものがここでは本文を構成している。そのため，更なるノートは不要だったのである。

さて，注釈の定義を試みた予備的な考察をおえて，我々の課題である異国的なものの処理の場としての脚注の検討に入ろう。ここでも，それが本文中の誰の言語にかかわるのかとか，いかなる事柄を対象にするのかという疑問は脇におく。我々が問うのは，テクスト本体とそれにつけられた脚注との関係の様態，いわばメタ・テクストのメタの意味である。この問題は，先にみた本文における異国の文物の処理法，翻訳か解説かという問いに類似している。相違は，そこでは処理がテクストの連辞秩序の中でなされたのにたいして，今度はそれが本文とノートという，異なる責任者が分けもつ二つの言表空間において，一方の他方による代補としておこなわれるという事情にある。記述は簡略化できるし，枠組みも先のそれを維持することができる。

本文での原語＋注釈での翻訳・解説

カルメンのセリフの中の「calé の掟」について，メリメは次の注をつけている。

> 「Calo ; 女性, calli ; 複数, calé. 文字通りには「黒」。ボヘミア人たちが自分たちの言語で互いに与えあう呼び名」(III, 967, n. 1)

まず《 calo 》なる単語の性・数に応じた語形変化，次に直訳による文字どおりの意味，そして具体的な意味の解説である。語形変化の指示と直訳だけの注（966, n. 2）もあるし，直訳と説明だけのこともある。たとえば《 majari 》とは「聖女つまり聖母」（968, n. 2）のことだという（cf. 978）。また直訳だけの注，《 Agur laguna 》すなわち《 Bonjour, camarade 》（964, n. 1）や諺の復元（968, n. 1）も見える。注釈のおかげで意味は判るけれども，人物がどんな言語で発したのかを怪しむような類の発言もある。先に挙げた「ああ *lillipendi*，あたしを *erani* と思いこむ

第 2 章 他異性

なんて」[17)] には,「お馬鹿さんね,あたしをレディーと思いこむなんて」という意味の訳が付されている。

バスク語についても事情はかわらない。« maquilas »（956），« baï, jaona »（960）にはすでに言及したが,他にも,カルメンが用いるバスク語の単語 « barratcea »（960.庭）などがある。スペイン語も同様で,« chufas » には「かなりおいしい飲み物がつくられる球根」（971）と辞書に類した定義があたえられる。また « neveria » については,「氷室あるいはむしろ雪の貯蔵室をもったコーヒー店。エスパニヤにはまず neveria のない村はない」（949）という。« yemas » など菓子類の説明もある（965）。まれにはラテン語の隠喩表現の解説（977）もみえる。

いくつかの変った例をみよう。まず,本文に外国語のいわゆる熟語表現の一部が現れていて,ノートがこれを完全に表記することがある。軍隊を逃亡したドン・ホセに向かってカルメンは言う。「あんた,自分で生活の糧をかせぐことを考えなくちゃ。とても馬鹿だから,a pastesas に盗むことなんてできないけど...」（971）。そこにはまず,« Ustilar à 〔sic〕pastesas » とボヘミア語の成句を復元し,次にそれをフランス語に訳す脚注がついている。つまり「巧みに盗むこと,暴力を用いずにくすねること」である。スペインの地名についても類似の処理をみる（962）。この部類のもう一つの変種として,本文に現れる外国語を注釈で翻訳する一方,本文はその語に解説を加えるという役割の分担もおこる。カルメンを探しもとめるドン・ホセに,ともにジプシーである老婆と揚物屋は「彼女は Laloro に発った」（968）と答える。ノートはこの語を « la（terre）rouge »「赤い（土地）」と訳しているが,本文の方ではドン・ホセが「彼らはポルトガルのことをこう呼ぶのです」と解説する。語り手と書き手とはこうして読者への情報の提供者として協力し,分業し合うのである。

いくつかの変異態はあるにせよ,以上の処理には明らかに一つの配慮が共通している。それは話題になる異国の事柄,とりわけそれを指呼する語を読者に知らせるという配慮である。これは外国語教師の仕事に似ている。教師はまた翻訳をおこなうこともある。異国語が,すでに翻訳処理をうけた形でテクスト本体に現れる場合である。

(本文）フランス語＋（脚注）翻訳・解説

　この部類は，注釈のあり方にしたがって三つに細分することができる。注が，a）原語を復元するだけの場合，b）解説するだけの場合，c）原語を復元しかつ解説する場合である。それぞれ簡単に紹介する。

　a）これは，「本文での原語＋注釈での翻訳・解説」の項であげたある種の例とちょうど逆方向の翻訳（たとえば仏 → ボヘミア語）であるが，諺の処理が例となる。「ボヘミア人たちがいうように，気持ちのよい疥癬はかゆくないのですから」（973）には，« Sarapia sat pesquital ne punzava » なる文が注釈に記載されている。他にはスペイン語の成句の例が一つある（980）。

　b）この種の処理は多い。若干の例を挙げれば，アンダルシヤ人のｓの発音（940），特権をもつ« Provinces »（943），カルメンが「私」に「イギリス人ですか」と訊ねたことについて（949），スペインでの死刑の方式（954），バスク娘の服装（957），スペイン語の隠語におけるイギリス人の仇名「蝦」（977）...などである。ドン・ペドロを紹介する長い注釈（966）も同じケースであった。スペインにかかわるものが特に多いことに気づく。これらの中では，本文で話題になる字句とは別の単語（稀には別の言語の単語）が紹介されることもある（943, 949）。

　c）いくつかの脚注には原語で復元した語に，場合によってはさらに直訳もつけたうえで，「（エスパニヤの諺）」といった解説が入る（965）。もちろんジプシーの諺のこともある（965, 968）。カルメンのタバコ工場でのセリフ，お前の頬っぺたに「綾模様をつけてやる」の模様（959），隠語でのジプシー女の呼び名 « Flamande de Rome »（971），闘牛の牛がつけているリボン（985）などが対象になる。ここでも，諺の場合を別にすれば，いずれもスペインの風物ないし言語にかかわるコメントであることが注目に値する。

　以上で，脚注についての記述をおわる。これまで我々は異国的なものの処理法を，本文について，次いで脚注について観察してきた。異国的なものがそのまま出現する事例について考察することが残っている。先に見た，すでに完全に処理をうけた形で出現する他異性と正反対の事例である。処理ゼロは一つの手法であることに変わりはない。

第 2 章　他異性　　　　　　　　　　　　　85

3.　処理ゼロ

　語り手ないし書き手がある事柄を聞き手あるいは読者に説明するのは，サルトルも指摘していたように，それを知らない読者に知らせる必要があると予想されるからである。そうでなければ，翻訳も説明も不要であろう。ところでこの「知っている」という事態には様々のあり方が考えられる。それゆえここでも区分することが適当である。

フランス語化した異語
　『カルメン』制作の時代には，かなりの数のスペイン語の単語がすでにフランス語に入っていた。それらは特に説明をうけることなく採用される。例えば « corrégidor »（代官）は何度も出てくる（953, 954 ...）が，フランスでは 1617 年にはその使用が確認されている[18]。« hidalgo »（小貴族）(954) は 1534 年の導入である。また周知の « castagnette »（964, 967 ...）は 16 世紀にはフランス語になっていたし，逆に « patio »（中庭）(964) は数年前にフランスに入った単語であったという。18 世紀後半に移入された « sierra »（山地，山脈）(976)，1788 年にはフランス語になっていた « picador » などがある。以上は，読者個人によって程度の差はあるにしても，文化的・言語的な状況のおかげで，つまり集団がすでに処理をしたという事情によって了解される事柄である。少なくともそのような前提のもとに作品は書かれている。それゆえことさらに既知へと変換する手続きは不要なのである。

固有名およびタイプの名
　やや似ていながら異なるところもあるのが固有名詞である。なぜなら，現実世界にかかわる固有名詞なら多かれ少なかれフランス語に移植されたものも少なくないだろうが，じつは虚構の固有名，とりわけ人名の場合があるからである。数多い地名・人名についてはすでに言及した[19]。ここでは虚構の宿の名として « venta del Cuervo »（941）——これが「カラス亭」とでもいった意味をもつことをテクストは明記しない。なお

《 venta 》自体は普通名詞である。また揚物屋 Lillas Pastia の店（964）（リリャス・パスティヤは虚構の人名）を挙げておく。

　固有名にやや「似た」名前——というのもそれはタイプを表すからだが——として酒の名がある。たとえば，モンティリヤ（地名）産のぶどう酒（943）。同じく Manzanilla 産の白ぶどう酒は換喩によって「マンサニリヤの瓶」と表記される（965）。頻繁に出てくる貨幣の名もタイプの名である。ducat（945. スペイン語でなら ducado），piécette（965. peseta），cuartos（965. スペイン語），douro（969. スペイン語での表記は duro. この語は『カルメン』の時代にフランス語に入る），guinée（978. 英語では guinea），piastre（979. イタリア語では piastra. duro の別名），réaux（< réal. 984. 複数形はフランス語の文法にしたがっている），once（986），doublon（992. スペイン語でなら doblón）... といった次第。これらは大小さまざまの貨幣の単位であって，作品がどれほど経済的関心を強くもっているか，そして『カルメン』が共示する 19 世紀スペインにおける経済機構がいかに複雑であったかが推測される。

分るべきもの

　語形自体のもつフランス語との類似とか，それが推測させる語源とかによって，また，明確な定義や説明はなくとも文脈の暗示する意味によって，さらには文化的な，個人のレヴェルでは教養にかかわる事情，たとえばフランスとの共通性とか差異の知識によって多かれ少なかれ分るべき異語表現がある。たとえば「正真正銘のハヴァナの《 régalia 》」（940）が何であるかは，自分の葉巻に火をつけてもらい，もっている葉巻のなかから最上等のものを選んで差しだすという文脈からして明らかであろう。コンテクストに頼らなくとも，ハヴァナという語で直ちにその換喩として葉巻を思いだす者もいるかもしれない。この「わかる」という事情，その了解のプロセスは，それぞれの語について様々であるだけでなく，読者の経験や知識によって異なってくる。いくつかの例をあげる。

　《 habitant du partido de Montilla 》（940）における《 partido 》は，地名の補語をともなうこと，《 partie 》を想起させること，さらにこれが

第 2 章　他異性

「住人」の補語であることとあいまって，およそ土地にかかわる単位であることがわかる。« papelito(s) »（949）は，まず « papier »（スペイン語では « papel »）を連想させるいわばその「表情」によって，また « fumer » との動詞連辞をつくる事実，さらにこれに « bien doux »（おだやかな，軽い）という形容詞がともなう言語上の文脈，他方タバコの香りは好きなだけでなく「自分でも喫うことがある」という女の発言の意味論的連鎖すなわちコミュニケイションの状況からして，紙巻きタバコ（スペイン語では « papelillo »）ということが想像できる。上流の女性たちは「a la francesa によそおう」（949）は，言語上の完全なアナロジーのおかげで « à la française » を思いださせずにはおかない。このフランス語テクストのなかでのスペイン語表現のもつ異国性にかかわる意味についてはすでに指摘した[20]。黒人奴隷を意味するフランス語の « nègre »（967）にたいして，実在の人物シャパランガラの属詞として用いられる « un négro »（962）が何を意味するかは，それが白に対する「黒」だということはわかる（言語的な知識）としても，そしてこの人物がフランスに亡命したという文脈，またロンガやミナなる人物に比較されるというヒントはあるにしても，19世紀スペインの政治史，そのフランスとのかかわりを知らなければ不透明なままに留まるだろう[21]。

　特徴的な事例を指摘しよう。元はといえば外国語の単語なのに，その綴字が部分的にフランス語風に変形されたために，厳密にいえば何語にも属さない異様な形をとることがある。すでにあげた « castagnettes »（スペイン語でなら « castañetto »）や « corrégidor » は輸入され加工された単語だとしても，« négro » とか « régalia »（スペイン語でならそれぞれ negro, regalía）などは厳密にはいかなる言語にも属さない。更に，« gitana »（950）/ « gitano »（952）は原語では « jitana » / « jitano » であるし，逆にフランス語でなら « gitane » / « gitan » でなければなるまい。語頭はフランス語で語尾はスペイン語と言うべきか。より適切には，文法的にはスペイン語の規則にしたがいつつ発音はフランス語の表記システムに倣う事例である。縮小辞 « gitanilla »（957）についても同様である。二つの言語のいずれにも属することなくいずれの性質をも分有し，いわば「橋わたし」となる語，これこそ，未知を既知に関連づけるため

にエグゾティスム文学が案出した独特の手法の一つであろう。まさしく「混血語」である。更にいくつかの造語の例を挙げれば，« douro » は1847年版では « duro » とスペイン語のまま表記されていた (969, n. 1)。同じくスペイン語の « alcalde »（町の行政官）も当初はそのまま表記されたが，1847年から « alcade » に変わる (947)。「一種の遊撃隊」を意味するという注釈をもつ « miñons »（972）がスペイン語表記で用いられるのは，音訳 « mignons » ではまったく別の意味の語になるという事情である。場合によっては，この例とは反対に文字のうえでの単なる機械的な置換えのために，いかにもフランス語らしい姿を見せているにもかかわらずフランス語として通用しない表現もでてくる。それ自体隠語だという « flamenca de Roma » の訳語 « flamande de Rome » はその一例である。これはイタリアの都とは何の関連もない。そのためメリメはこれを脚注（971）で説明せざるを得ない。

　語によっても人によってもまちまちだとしても，そのまま放っておいても多少なりとも分るべき異語表現は，« papelitos » を例外とすればまずスペイン語に限られていることを確認しよう。それは予想されたことである。バスク語やボヘミア語については，これらの不透明の程度がはるかに高いために，無処理が前提としているフランス人読者の言語能力（compétence）に頼ることはできないからである。処理ゼロの重要な事由はもうひとつある。

すでに説明されたもの

　本文においてであれ注釈においてであれ，すでに翻訳なり解説をうけた語句は，二度目の生起からは何の説明もうけない。これは読者の記憶や想起を頼りにする限りにおいて，物語諸ジャンルでの筋の構成についていわれる「伏線」に似ている。多くの例をあげる必要はなかろう。これまでに用いてきた分類枝のなかから一つずつ例をとる。

　« paillo » は「私」が解説をした (II, 952) あと，ドン・ホセの語りの中でのカルメンのセリフにおいて出現する (III, 967, 980…)。あたかもドン・ホセは，外国人にすぎない「私」がこの語を知っていることをすでに知っているかのように語っていく。書き手が翻訳もしくは解説

第 2 章　他異性　　　　　　　　　　　　　　　　89

した《 Rommani 》と《 Chipe Calli 》（II, 951–952）はどうか。後者は同じように語り手ドン・ホセが解説なしに言及する（971）。前者はこれまた第 III 章において地の文で現れる（966）。第 IV 章の語り手「私」がこれを自在に用いることは驚くにはおよばない（993, 994）。むろん，自分で解説した事柄，たとえば「蛇通り」（959）にドン・ホセが再び触れる時（965）には，ただこれを名指すにとどめる。

　ここで，第 IV 章のテクストの身分について先に指摘したことを確認するために，いささかの脱線をしておこう。第 III 章のカルメンの台詞をめぐる脚注であがっていた《 Calé 》なる語は，面白いことに終章においてさらに注記の対象となる。まず第 III 章のノート（967）を復習すれば，それは，① 《 Calo 》の性・数に応じた語形変化，② 直訳の意味（黒，黒い，黒い人），③ ボヘミア人における具体的な意味，つまり彼らが民として自己を指呼する語であることの説明であった。それに対して第 IV 章はこれを次のように処理している。

　　　本文——そこに Calé，黒という名が由来する。この名で彼らは自分たちを名指すことが多い*。(989)
　　　脚注——*ドイツのボヘミア人たちは Calé なる語を完全に理解するとはいえ，そんな風に呼ばれるのを好まないと私には思われた。彼らは互いに Romané tchavé と呼び合う。

容易にわかるように，本文は III 章での脚注の ② および ③ を反復し，注釈の方は ③ の例外を記載しているのである。今まで見てきたエコノミーの原理に反するこの冗長的な記載は，はからずも，第 IV 章全体が注釈というメタテクストの性格をもつことを示している。例外の指摘とは分節行為に他ならない。すなわち異なるものの連結，もしくは連続するもののとる変化の確定である。言い換えればこれらの文章は全体として，著者および読者の知識の増大につれて通時的に書かれた同じ身分の一つの言説を続行しているのである。

　一度説明された後では自由に用いられるということは，特異な隠喩，しかも隠語についてもかわらない。「俺はそこでエビどもにいくらでも悪さを働いたからな」（III, 977）という片目のガルシアの発言には注釈で，「エスパニヤで，民がイギリス人にその制服の色のせいであたえる名前」

という解説がついていたのだが[22]，同じ表現はその後，カルメンの発するセリフの中で2回，いかなる解説もなしに現れる（978, 980）。

　こうして，一度何らかの形で明らかにされた事柄は次には自由に用いられる。一見これは至極当然であろう。けれども当然でないのは，それがある人物から他の人物へ，ある語り手から別の語り手へ，さらには異なる説話レヴェルを跨いで語り手から人物のセリフへ，逆にまた人物のセリフから語り手へとリレーされつつ起こる，という事実である。それは，人物や語り手たちが，あれこれの事物や語がすでに解説されたという事情をわきまえているからではなく——じっさい，構成における複数レヴェルの存在はこのことを禁ずる——，書き手が，情報のエコノミーを配慮してそのように仕組んだからに他ならない。これまた全体を統括する書き手の権限の行使である。

　けれども，作者はこのような決定権を常に発揮するわけではない。語り手が作中人物つまり参入者でもあるという理由で，『カルメン』テクストでは言語にかかわる「分らない」とされる状況がかなりの数にのぼり，しかも書き手はそれを解説する労を必ずしもとらないからである。すなわちもう一つの処理ゼロの手法である。これを最後に見ておこう。

「分らない」もの
　これは先に観察した推測的な語り方に関係する[23]。判らないという状況の中でこそ推測は働かざるを得ないからである。第Ⅰ章における「私」とドン・ホセの別れの場面を引用しよう。

　　　彼は黙ったまま私の手をにぎり，ラッパ銃と頭陀袋をとった。そして，私には理解できない隠語で老婆にちょっと何か言ったあと納屋に走っていった。(I, 947)

言葉は「私」にかけられたのではない。「私」にわかる必要もない。これはドン・ホセと老婆にかかわることである。この状況は，三人ないしそれ以上の人物が出会う時にコミュニケイションは二つに分裂し得ることを教える。分裂は，一部の者には理解できない言語を用いることによって端的に実現される。つまり同一文化・同一言語の人々の間では隠語で

第 2 章　他異性

(「私」はスペイン語を解する)，異文化・異言語の人々の場合には異語によって。上の事態は次のように図示することができる。

　　　　(隠語)
　　ドン・ホセ ──→ 老婆 / 「私」
　　(→ は伝達の方向を，/ は伝達の遮断をしめす)

類似した状況は頻繁に反復されるであろう。数例を挙げておく。

　　ボヘミア女は子供に，私には未知の言語で──後にこれはロマニ語すなわちシペ・カリ，つまりジプシー達の言語と知ったのだが──，何かちょっと言った。(II, 951–952)

この例は，上の図式のパラディグマを変更したものにすぎない。行為者のドン・ホセをカルメンに，老婆を子供にそれぞれおきかえ，コードの隠語をジプシーの言語に変換すればよい。ロシアの魔法民話のプロップによる構造分析にもにて，関係の在り方は不変体を形成しているのである[24]。伍長の転落の契機となるカルメンとの最初の逢引はカンテラ通りのさる古びた家でなされるのだが，その家にはいる時（III, 966）にも同じ状況が実現する。すなわち，

　　　　(ロマニ語)
　　カルメン ──→ ジプシーの老婆 / ドン・ホセ

これら同一パターンの状況は，まもなく考察することになる機能の一様態へと発展するのだが，そのことを予告する例を最後に読んでおく。

　　突然，戸が荒々しく開かれて，こげ茶の外套に目元まで身をくるんだ男がひとり，優しいとはいえない調子でボヘミア女を怒鳴りつけながら部屋の中にはいってきた。私には男の言っていることは判らなかった。けれどもその声の調子は男がひどく不機嫌であることをしめしていた。[...] ジプシー女は男の前に走りよって，異様なまでの早口で，彼女がすでに私の前で使ったことのある謎の言語でふたことみこと話した。(952. 強調筆者)。

カルメンとドン・ホセとの間にやりとりがあるという限りで矢印は二方向的になる。男の話した言語がバスク語であったのかボヘミア語であったのかは明らかでない。ともかく，二人は「私」には通じない言語を，

それも故意にもちいたのである。この第三者に分らない言語の意図的な使用ということは、後の分析において重大な意味をもつことになる。以上の例をとおして、除け者にされるのがドン・ホセやとりわけ「私」であって、カルメンはけっしてこの位置に身をおくことはないことが判明する。これは先に指摘した異性のテーマ構成の段階を転倒させた事態に他ならない。他異化は、特殊言語の使用によって逆方向にも作用するのである。ジプシー女による一種の復讐をそこにみることができる。

　以上で『カルメン』における他異性の処理法の記述と分類をおえる。しかし、他異性は物語の展開においてどのように作動するのか。作品におけるその機能の仕方について考えることが本書に残された最後の問題である。

展望 (3)

　小説『カルメン』の恋愛におとらず重要なテーマとして、異人・異民族・異文化・異言語（「他異性」）の問題系があることを我々は主張してきた。「恋多き」カルメンと他方におけるドン・ホセ、「私」、ガルシア、イギリス人士官、ルカス、連隊の中尉...とのかかわり、これらすべての異性関係はまた「異性」関係のパラダイムでもある。カルメンとの対を形成する男たちは、いずれも民族や文化の多様性（バスク、フランス、ジプシー、イギリス、スペイン）によって規定されていて、この差異がそれぞれのカップルを特徴づけ個別化する。その意味ではまず二つの問題系は重なりあっているといえる。

　しかし、二つは同等の資格で作品構成に参与するわけではない。まず、それらの間には一方が他方を可能ならしめる条件となるのにたいして、その逆は真ではないという相違があるからである。そのことは、多様なカップルが二つに区分されることを考えれば容易に納得できるだろう。男たちのうちただガルシアのみはカルメンと同じくジプシーであり（異性ゼロ）かつ夫であって愛人ではないという理由で特殊なのである。この例外的な事例は、反対に異性こそが恋愛関係を規定するものであることを教える。こうして我々は、物語を全体として支配している一つの規則を明らかにすることができる。すなわち「恋愛は異人の間でのみ可能である」。じっさい、すべての恋

愛関係はこの所与に基礎づけられて成立し，持続し，崩れていく。互いに異人であることが恋愛にとって不可欠の条件なのである。二つのテーマはそれゆえ同等に並びたつものではなく，前者が後者を条件づけるという一方的な関係においてある。次に，これらの主題系の拡がりもまた異なっている。なぜならば，恋愛は異性を前提としてしか成立しないのに対して，すべての異性関係はエロースに還元されはしないからである。たとえば，一方の「私」と他方のドミニコ会士やアントニオ，あるいはドン・ホセに対するガルシアや「私」などはそれぞれ国民ないし民族の相違の問題を提起するものの，いうまでもなくエロースの問題系には属さない。要するに異性関係の外延はエロースのそれを溢れでるのである。

さて，このテーマの重要性の指摘（第 II 章，I）につづいて，他異性の「網の目」(II) で観察したのはテーマの構成法であった。そこでは，特にテーマのもつ重層的な構造をしめし，それと作品の組成や語りのレヴェルとの係わり方を検討した。「未知なるものの既知への還元」(III) での問いは，その文章レヴェルでの現れ方で，そこでは，とりわけ脚注をめぐって確認したように，書き手の仕事と語り手のそれとの関係（連結，継承，エコノミー）が明らかになった。残された課題は，このテーマが作中人物相互の関係においてどのように作用するのかを記述すること，つまり作品におけるその動的な機能を分析することである。

IV. 機　能

他異性とは遠隔とその意識に他ならないが，それは様々の人間関係のあり方を規定する。『カルメン』における異者たちは，他者の発見に際して，たがいに次のようなそれ自体相関関係によって結びついた三重の対立の相のもとに現れるように思われる。すなわち，軽蔑／魅惑，疎外／自己断定，騙し／共犯である。以下それぞれを検討しよう。

1. 軽蔑／魅惑

　往々にして人は見知らぬものや異なるものに感嘆し惹かれ，これに憧れる。外国（人）贔屓（xénophilie）である。ソロモンは異国の女を愛しその妻妾の数たるや千人にのぼったという[1]。でなければ反対に反撥し侮り嫌悪する。外国（人）嫌い（xénophobie）である。先に参照したフランシス・アフェルガンは，ヘロドトス以来の旅行記についてこう書いている。

　　　旅行者たちのしめす反応は，出会った対象に付与されるおそれそして／もしくは魅惑の範囲にある。あらゆる発見の物語も遍歴の言説も［...］この二項対比に参与する[2]。

　旅行記の体裁をとった小説『カルメン』も例外ではない。旅人の「私」が複打時計を鳴らす癖があることはすでに指摘した。これは「私」が，スペイン人のいだく技術先進国にたいする驚異の感情を利用する行為であった。「なんという発明がお国にはあるのでしょう」，とボヘミア女も感嘆して（いる振りを）みせる（II, 949）。他方の「私」は，「ボヘミア人の間において魔術がどれほど高い段階に達しているかを知るのは楽しみだった」（950）とその好奇心を表明する。「私」がドン・ホセにミルトン風の流謫の悪魔をみるのも，正体不明の異国人が発する並外れた魅惑の効果であろう。ボヘミア女の提供するという媚薬の話を「他愛もないお喋り」（960）として片づけようとした――任務への責任感からでた判断でもある――ドン・ホセが，当初は反撥したカルメンへの恋に陥るのには，民族を異にした女の謎めいた魅力が与かっていただろう。何人ものイギリス人と同様に，パイヨとしてひっかかる「私」にしてもそれは言える。「これは異様で野性的な美人だった。最初は訝らせるが，忘れることのできない顔だった」と「私」は告白している（951. 強調筆者）。

　第 IV 章の記述は注目すべきである。先にジプシーにおける逆差別の選民意識を読みとった箇所に，我々は今度は，いま問うているアンビヴァランスの集中的な表現をみることができる。まず，そこに指摘され

第 2 章　他異性

ているジプシーが抱かせるという相反しあう 2 つの感情，すなわち嫌悪（aversion）と尊敬（considération）は，軽蔑／魅惑のパラダイムに他ならない。それに対して，続くテクストはジプシーの側における他民族への軽蔑を証言する。「彼らは自分たちを知性に関して優れた民族と感じていて，迎え入れてくれる民のことを心底から見下している」(992)，という。他民族への軽蔑は自己の優越感と裏腹になっているのである。

ところで一つ問うことがある。ジプシーが同時に相反する感情をひきおこすとしても，彼ら自身は異邦の民に惹かれはしないのか。同じ章はこの疑問に答える考察をふくんでいる。その発端——

> ボロウ氏は，ジプシー女が自民族の外にある男に少しでも惹かれることはかつてあったためしはない，と断言している。(990)

書き手はこれについて，「彼女らの貞潔について彼があたえている賛辞には大いに誇張があると私には思われる」と評価し，3 つの事情を挙げる。① 大部分の女は醜く，それゆえ貞潔が余儀なくされること。すなわち「求められざる女こそ操かたし」（オウィディウス）である。② 数少ない美しい女はスペイン人女性におとらず愛人の選択にきびしいこと。③ そして，美しいジプシー娘を金貨で釣ろうとして失敗した男の逸話。これは，あるアンダルシヤの放蕩者によるビタ銭ならうまくいったのにという反駁 (990) で終わっている。こうして，ジプシーが異民族に性的に魅せられることはないという主張にたいして作者は疑念を表明するのである。

しかし異人にむけて人が露骨にみせる侮蔑の典型的な事例は，何といってもドミニコ会士の場合である。そこは少し丁寧に読まなければならない。彼はドン・ホセのことを「私」にこう語っている。

> ならず者は牢獄につながれています。これが小銭を盗むためにキリスト教徒に発砲しかねない男だとわかっていましたので，私たちは奴が貴下をあやめたのではないかとひどく心配していました。(II. 954)

もちろん，ドン・ホセが「ならず者」(coquin) 呼ばわりされるについては，彼の所業，特に愛人殺害をはじめとする犯罪がすでに知られている

という事情はある。けれども，このいわば「ひとの好い」神父の言葉づかいの暴力性はそれだけでは説明できまい。「私」の救霊のために何回も主の祈りや天使祝詞を唱えたという聖職者にとって，ドン・ホセはまるでキリスト教徒ではないかのような物言いなのである。「私」が男の名前をたずねた時の返事はどうか。

   これは国ではホセ・ナヴァロの名前で知られています。だけどもう一つバスク名もあって，それは貴方も私もけっして発音することはできますまい。（同上）

スペイン語での醜名で十分であって，本名——文明人が「キリスト教徒」が発音できないような野蛮な音——など覚えるに値しないのである[3]。あるいはまた，バスク人はバスク人にすぎないのであって人格ではない。要するに「論外」，意識の周縁に弾きだされた者，他人。これがスペイン人にとってのバスク人の定義である。

バスク人蔑視と裏腹に，予想されることだが，この人物のうちにはある種のショーヴィニスムも見られる。「エスパニヤでは」の表現に注目しよう。

   代官のところにご一緒しましょう。貴方のあの立派な時計を返してもらいましょう。これでもお国に帰って，エスパニヤでは司法はろくに仕事をしていないなどとおっしゃるでしょうか。（同上）

フランスでの自国の評判を気遣い，自国の司法制度がうまく機能していることをほこる発言である。バスクとは違ってフランスは，価値判断の基準となるに十分に魅惑的なのである。評判への関心はもう一歩先にいく。

   この国での風変わりな事柄をお知りになりたいのですから，エ・ス・パ・ニ・ヤ・ではどんな具合にならず者がこの世からでていくか，ぜひともお知りになるべきです。（954. 強調筆者）

この発言のおかげで，他異化作用にかかわる考察をさらに進めることができる。神父は，バスク人の受ける筈になっている鉄輪による処刑を「風変わりな事柄」（singularités）の一つとして「私」に見るようにすすめるのだが，自国の風習をそのように形容するということは，彼がある

第 2 章　他異性　　　　　　　　　　　　　　　　97

奇妙な倒錯によって魅了する他者の目で自己をみているという事実をあらわにする。この人物は，特殊者をつくる普遍者意識の慣例にしたがって振舞いながら，ただし，自分が普遍者と見なしている他人の目で自己をみることによって，ある意味で自己を辺境におくのである。魅惑する他者の目による自己の他者化である[4]。この場合，神父にとっての規範はもちろんバスク人ではなく——これはあくまで疎外された存在にとどまる——，フランス人であるという点を忘れてはならない。異常化が魅惑と侮蔑の序列を構成する事実を再確認しよう。

　ところで上の二項対立は，主体／客体の区別と組み合わせるならば，さらに分析的に記述することができるだろう。それによって軽蔑する者／される者，魅惑する者／される者の識別が可能になる。作用をうける側においてそれはどのような形をとるであろうか。

2.　疎外／自己断定

　たとえ意図的でないにしても，他人があなたの面前であなたの理解できない言語で話しあう時とか，あなたのあずかり知らぬ事柄を説明もなしに語りあう時，あるいはひそひそとそれもおそらくあなたのことを耳打ちしあう時，あなたは除け者にされていると感じないだろうか。つまり疎外の感覚である。そのような振舞いが意図的になされるなら，そしてそのことが分る時には，この仲間外しは敵愾心をひきおこす。カルメンとドン・ホセが「私」の前で，しかも他ならぬ「私」のことを話した時がそうだった。「パイヨ」という語しか理解できない「私」は男との格闘を覚悟していたし，男がドン・ホセだと判った時も，かつて案内人アントニオによる彼の密告の企てを失敗させたことを後悔したほどだった。テクストはもっと直截に「彼が首を吊られるがままにしなかったことをちょっぴり悔いた」という（II, 952）。もちろんこれはいわゆる「三角関係」の状況からくる敵意であるけれども，それが自分のうけている疎外の意識と重なっていることは認めざるを得ない。

　疎外はもっと恒常的でそれだけに厳しい形をとり得る。集団のなかでの文化的な共同性の欠如に由来する特定個人ないしグループの疎外の場

合である。前節で引用したジプシーの「抱かせる一種の嫌悪感」が差別につながることはいうまでもない。たとえその嫌悪感には「尊敬」が裏腹になっているとしても，そのことは彼らを異者として扱うことを妨げない。尊敬は恐れに通じる。この複雑な情念は，ジプシーが一種タブーをうたれた存在であることを暗示する。といってもそれは，キリスト教的な意味での神聖をいうわけでは無論ない。それはこの放浪の民の全体としての疎外状況を表明する女主人公の珍しくしおらしい言葉が証言している。「私」に会ってすぐの発言である。

> 「天国から二歩のところにあるイエスの国の方かと思いますが」
> 「まさか。天国なんて．．．。ここの人々に言わせれば，それはわたし達のためには無いのだそうです」(II, 950)

ところで，疎外がラディカルな形をとるのはドン・ホセにおいてである。この人物の意識を観察しなければならない。「我われナヴァール人」というのがこのバスク人に特有の口癖であったことを思いだそう。この表現は，彼への蔑視を集約的に暴露するドミニコ会士にとって「我われ」なる語がもっぱら自分の所属する団体をさすのと類比して，ドン・ホセがバスクへの帰属をつよく感じ，死にいたるまでこの情念から離脱できなかった事実に対応する。実際，処刑を前にした彼は，おなじ地方出身の聴罪司祭に告解したい意向をもらしている (III, 960)。この孤立したバスクの若者においてこそ，読者はもっともよく他者としての自己断定に立ち会うであろう。

自分を他ならぬナヴァール人として把握するということは，他人に対する自分の差異をユニークで解消し得ないものと確信することに他ならない。彼の物語は逃避行や放浪の悲哀とともに，帰ることのできない故郷へのノスタルジー，その美化，ひるがえって自己や同胞とは異なる者たちへの反感，そして自国のものとは異なる物事への反撥，一言でいえば「故郷コンプレックス」とも呼ぶべきものを至るところで見せている。

まず，それへの熱中のあまり喧嘩をして国を脱出せざるを得なくなった「国技」であるポーム (III, 956)。さらに山地にすむ同国人の頑健さと敏捷さの礼讃。「わたしら山の者は軍務をおぼえるのは早いのです。わ

第 2 章　他異性　　　　　　　　　　　　　　　99

たしはまもなく伍長になりました」（同上）。あるいはまた，脱獄しなかったこの伍長の「30フィートもない高さの窓から街路におりることなど」何でもないとの豪語（963），カルメンの脚を語るために援用する伝説的な「バスク人の脚」（961）[5]などの例は，彼の生活においてバスクが恒常的な参照事項であることを示している。また「故郷の山地における天気の変わり易さ」（970）はカルメンの気紛れの比喩ともなる。そしてすでに暗黙に比較の対象になっている他民族との対比──

　　勤務につくと，エスパニヤ人たちはトランプをしたり眠ったりします。わたしはといえば，生粋のナヴァール人としていつも軍務に従事しようとつとめていました。（956. 強調筆者）

すなわちスペイン人との差異として強調し，かつ自ら体現するというナヴァール人らしい勤勉さ，そして生真面目さである。

　彼の性格は女性に対する態度においても一貫している。セヴィリヤの若者たちがタバコ・マニュファクチュアの女工たちにお手軽な誘いをしかけるのを見ながら，山男は女たちなど見向きもしない。そこには，彼における故国への想い，独特の服装や髪型をした故郷の娘たちへの懐古，そしてそれとの対比でアンダルシヤ女たちへの「おそれ」（957）つまり距離，拒絶が現れている。「若い雌馬」を連想させるジプシー女の歩き方をめぐって彼がバスク/スペインの比較をすることについてはすでに指摘した。相似た観察は，ホセ・マリアに刀傷をつけられた女が「それだけいっそう彼を愛した」こと，その傷痕を自慢していたことについての彼の寸評にも現れる。曰く「女というものはそんなものです。特にアンダルシヤ女は」（976）。

　祖国への愛は，当然のことながら言語の問題にもおよぶ。まず「私」も気付いたあの訛への言及，

　　私らバスク地方の者には訛があって，エスパニヤ人たちから簡単にそれと知られてしまいます。その反対に，彼らの誰ひとりとしてバイ・ジャオナと言えるようにはなれません。（960）

「私らバスク地方の者」（nous autres gens du pays basque）は，スペイン語を話せるが訛はのこる。アイデンティティの痕跡である。ところがス

ペイン人はバスク語の《 Oui, monsieur 》に相当する語句をすら発音できるようにはなれない。怠慢もしくは無能さの証拠である。こうして自国民における発音の「欠陥」すらショーヴィニスムの理由となる。ここには，少数民はその中で生きていかねばならない多数民の言語を習得することを余儀なくされるが，逆は真ならずという周知の事実の一つの説明，地方主義者の側からの解釈を読みとることができる。さてこの訛の故にカルメンは男の出自を見破る。そして「かなり上手くバスク語をあやつる」女は，男の母国語で彼に話しかける。言語上のナルシシズム，あるいはいわゆるお国自慢とむすびついた言語観——「私らの言語はとても美しいのです。ですから外国でこれを聞こうものなら，私らは身震いしてしまうのです」(960)——の虜にとってその効果は覿面であった。

　スペイン人がバスク人を疎外するのに対抗して，後者は前者を疎外し返すことが明らかである。そしてこの相互的な特殊化作用は，いずれもそれぞれの愛国心ないし自己礼讃，それと表裏をなす他者の拒絶とによって構成される。この基本的な意味での「ディレンマ」は，他に対して異者である自己の同一性の肯定と，自己にとっての異者である他者の同一性の断定との共存として説明することができる。アイデンティティとは差異である。そしてこの差異の確信にもとづいて自己については肯定が，他者については拒絶が選ばれるのである。ところで拒絶は軽蔑もしくは憎悪と不可分である。それはテクストが証言する。というのもドン・ホセにとってアンダルシヤ人は口ほどのことはないのであって，密輸・強盗団が軍隊の襲撃をうけた時のことを彼は，「なんでもかんでも殺してやると法螺をふくアンダルシヤ人たちは，すぐに情けない顔つきをしました。総崩れの敗走でした」(974)と語っている。そして話は前後するが，スペイン人に対するすでに少なくとも潜在的な憎しみを，彼はこう表明してもいた。

　　もしもエスパニヤ人たちがわたしの国の悪口を言ったのだったら，ちょうど彼女がその仲間にしたように，私とて奴らの顔面に切りつけていただろうと思ったのです[6]。

　さらに彼とガルシアとの決闘を挙げなければならない。後者のとる「ア

ンダルシヤ風の構え」/ 前者のとる「ナヴァール風」の構えの対比 (981) は象徴的である。アンダルシヤ人の真似をしたジプシーはあえなく落命する。ここでガルシアのとる擬態は, 何語でも操り, 従って何者にもなれるこの民における正念場に臨んでの自己同一性の欠如を暴露し, またこの戦いが一種の代理戦争でもあったことを暗示する。ナヴァールがアンダルシヤを制したのである。

ところで, 『カルメン』における自己の肯定 / 他者の否定にかかわるこれら全ての事例は, 集団の中で形成され集団を反映した意識であり行為である限りにおいて, 文明を対象とする精神分析の指摘をもって説明することができる。フロイトは書いている。

> 文明集団はこの本能的な衝動にはけぐちを開く。当該集団の外にある全ての者を敵として扱うことによって。[...] 近接し, 類縁関係をもってすらいる共同体がたがいに戦い, 嘲りあう[7]。

分析者はこの最後の現象を「小さな差異のナルシシズム」と呼び, 『カルメン』では見られないケイスだが, それが例えばスペイン人 / ポルトガル人, 南 / 北ドイツ人, イギリス人 / スコットランド人の関係に見られるという。現代では, 不幸な事例をいくらでも追加することができる[8]。もちろん『カルメン』の作中人物がおりなす敵対関係は, 世界の状況にも似てけっして単純ではない。というのは, フロイトの挙げる事例と同じレヴェルのもう一つの例（アンダルシヤ / バスク）の他に, そこには一種の全体とその部分（スペイン / バスク）の対立——この見方をドン・ホセは承認しないだろう——が重なっているからである。

バスク人を規定するコンプレックスは, カルメンがつけこむ「弱点」となる[9]。これを最後に見ておく。テクストはさらにバスク人における対セヴィリヤ, 対カスティリヤの自己意識を暴くであろう。最初の一目ではバスク風の装いではなかったために彼の「気にいらなかった」(957) ボヘミア女が, エチャラール生まれだと出自を偽っていわゆる同郷のよしみに訴え (960), 自分のおこした刃傷沙汰の原因を民族の対立（セヴィリヤによるバスクへの辱め）に帰す説明を与えて, 少数民における憎悪を煽動するとき, 彼は自らこの憎しみに同意し, 「女がひどいバスク

語を話している」ことに気づきながらも彼女を「ナヴァール人だと信じた」(961) という。信じたかったのである。こうして，女が逃がしてくれるようバスク語で頼むと——

> もしあたしに突かれてあなたが倒れるなら，お国の人よ，このカスティリヤの新兵にはあたしを引きとめることなどとてもできないでしょう。(961. 強調筆者)

ドン・ホセは依頼をききいれてしまうのである。

以上は，異人化の対象となる被害者の側における疎外と自己断定の様相である。異人化はもう一方の加害者の側から観察することもできる。その時これは欺瞞/共犯の二項対立として現れる。

3. 欺瞞/共犯

すでに述べたように，他人を意味交換の場から意図的に排除するために使われるのは，目配せ（たとえば強盗を前にしたアントニオの「私」に向けてのそれ）や耳打ちでなければ，隠語もしくは異語である。これはかなりありふれた体験であろう。ヴォルテールとシャトレ夫人とが第三者に聴かれるのを恐れて英語で話すことがあった事実は有名である。『カルメン』と同時代の『二十年後』にも例がある。マザランは，同席しているコンディ（レッス枢機卿）に知られないように，アンヌ・ドトリッシュをスペイン語で叱責する。けれども控えているダルタニャンはこの言語を解する[10]。ゴティエの1856年の幻想小説にはパリにおけるポーランド語の利用の例が見える[11]。

同じ状況ないしその変異体は，多言語に通じ外国滞在も少なくなかったメリメにおいては一つのトポスとなる。たとえば，『ルクレツィア夫人の小路』（制作1846年，出版1873年）ではイタリア語世界でフランス語が暗号として機能し，しかもその場合に『カルメン』でも見ることになる意図的な誤訳がなされる (TRN, 1013)。『青い寝室』(1866年) ではフランスでの英語。ただしこれは，「部外者」がイギリス人であったために効果をあげない (TRN, 1035)。『ロキス』(1869年) ではリトゥア

第 2 章　他異性

ニア語世界のなかでのドイツ語（TRN, 1052）といった具合である。

そしてとりわけ『カルメン』はこれを組織的に開発する。まず，我々が全体として物語への注釈と解釈した第 IV 章の一節が説明しているその原理ともいうべきものをみよう。ジプシーの言語状況について語りながら，作者はこう書いている。

> どこでも彼らは，自分たちの住んでいる国の言語を自分たち自身の言語よりも容易に話している。自分たち自身の言語は，部外者の面前で自由に話しあうためにしかほとんど使用しない。(993)

軽蔑／魅惑という他異性のモティフは一対一の，あるいは集団対集団の人間関係においても現れるのにたいして，ここでは三者のそして時にはそれ以上の人々の対面が条件になる。そしてこれが二つの単位に分裂するのである。一方に共犯関係にある二人以上の者，他方にそこから除外される者である。後者は，引用文が示すように「部外者」（étranger: 異人）と呼ばれる。このプロセスは二つの単位への分裂というより，ある大集団の内部における緊密な連帯で結束した小集団の形成と考えることもできる。

この世界には 2 つの異なるコード，土地の言葉とボヘミア語とが通用する。そしてそれぞれの言語でのコミュニケイションが作動するのであるから，分裂は 2 つの伝達機構のあいだで生ずることになる。三者を A, A′, B とおけば，関係式：

$$A\ R\ A' / A\ R\ B,\ あるいは\ (A\ R2\ A')\ R1\ B$$

が成立する（R1 は土地の言語による伝達網を，R2 は特殊言語によるそれをあらわす）。A と A′ はジプシーを，そして一般に共犯者たちをあらわす。三者とも土地の言語を理解するが，ジプシーは固有の言語ももつ。それゆえ彼らに判らないことは発言されないのに対して，ジプシーにしか判らない発言も行われる。こうして内部コミュニケイションに用いられる時，ボヘミア語は一種の暗号として機能し，B をその意味流通の回路から排除する。B は A R A′ 間の意味交換にあずかり得ないのであるから，また騙されもする。この時，B にたいする軽蔑が密かでかつ露骨でもある攻撃性をおびること，逆に除外される B が，特にその事実にき

づく時にはAらにたいして反撃に出ることは想像に難くない。

　すでに触れた[12]　この機能は，上に形式化したモデル構造を常にそのまま実現するとは限らない。三者ではなく，二者の関係が類似の様相を示すこともある。不完全な変異体である。煙のでるストーブをまじないで修理してもらおうとした「異邦人」の百姓女をはめるあるボヘミア女の話はその例である。

> あたし，まっさきに太い脂肉の塊をもらったわ。それからロマニ語でつぶやくの。「お前さんバカね。バカに生まれてバカで死ぬのよ...」。戸のそばまできて，あたしはちゃんとしたドイツ語で言ってやった。「お前さんのストーブが煙らないようにする間違いのない方法は，火を起さないことよ」。で，あたし一目散に逃げてやった。(992. 強調筆者)

両者の世界が，ジプシー＋ドイツ女／ジプシーへと分裂していること（それぞれの言語はドイツ語／ボヘミア語），ジプシー女における人格の二重化としてでなければ共犯が語れないこと，相関的に攻撃は（ここに呪いを読まないとすれば）相手に通じないがゆえに効果のない悪口にとどまること，以上がこの事例の特殊性を構成する。

　他にもふたつの変異体が発見される。その一つは策略が半ばしか成功しない場合である。前節の最後にあげた件，カルメンをドン・ホセとともに連行する「二人のカスティリヤ人新兵」の不意をつく計略の場面(961)において，参与する四人が二つのグループに分かれ，共通のスペイン語の意味世界をバスク語を暗号とする小世界が内部から蝕んでいることは明らかである。この計略は功を奏してカルメンは実際に逃亡するものの，欺瞞は不成功に終わる。計略の事実が見破られるからである(962)。欺瞞の機能不全と呼ぶことができる。もう一つの変異体は共犯の機能が十分な成果をあげない状況である。ドン・ホセは語る。

> ある日の夕方，わたしがドロテ［...］の家にいた時，カルメンはひとりの若い男を連れて入ってきました。それはわが連隊の中尉でした。「早く逃げて」と彼女はバスク語で言いました。(970. 強調筆者)

カルメンの異語によるとっさの指示は，「驚き」そして「激怒した」ドン・ホセが動かないために実行されない。男と女の意識の連帯が成立す

第2章　他異性

る暇もなく二人の男は闘う。似たことはすぐ直後にもおこる。中尉がたおれると、「カルメンはランプを消した。彼女の言語でドロテに「逃げて」と言った。私も通りにとびだした」(970. 強調筆者)。テクストにはわざわざジプシーの言語でという指定があるのだが、この状況ではドン・ホセを除外する理由はなく、したがって暗号の必要性もないという理由で共犯／欺瞞のテーマを語ることはできない。むしろここでカルメンは、自分の言語をいわば「本能的に」発したのであろう。

完璧な構造の実現をみせて一分の隙もなく効果を発揮する劇的な件は、カルメンとドン・ホセがイギリス貴族を手玉にとる場面である。ジブラルタルの町でオレンジ売りに化けて恋人を探していたドン・ホセは、ある夕方のこと声をかけられる。

　　イギリス人はかたことのエスパニヤ語を話しながら、わたしに上がってこいと叫びました。マダムがオレンジを御所望だから、と。そしてカルメンはバスク語でわたしに言いました。「上がっておいで。驚いちゃだめよ」(978. 強調筆者)

三者の出会いそのものがすでに異なる言語による二つのコミュニケイション網の形成をつげている。あるいは一つの共通世界の中での共犯世界の形成を。スペイン語に対してバスク語が欺瞞の言語として機能するであろうことも予想される。分裂とはコードの分裂であり、対立とは言語の抗争なのである。

ドン・ホセは客間に案内される。

　　カルメンは早速バスク語でわたしに言いました。「あんたエスパニヤ語はひとことも知らないのよ。あたしのことも知らないの」。それからイギリス人の方に向いて言いました。「言った通りでしょう。すぐバスク人ってわかったわ。変な言葉をお聞きになれるわ。この人、なんて愚かな風采なんでしょう。戸棚のなかで見つかった猫みたい」(978)

お分りのように、三者は次のように配置されている。

$$\begin{cases} カルメン＋イギリス人　(＋ドン・ホセ)　(コード: スペイン語) \\ カルメン＋ドン・ホセ　(コード: バスク語) \end{cases}$$

「あんたエスパニヤ語はひとことも知らないのよ」というカルメンの言

葉は，まさしく共犯性の確立，有無を言わさぬ契約の締結をつげる遂行的（performatif）言表である。もちろんこれは演技としての契約であって，実はバスク人にはスペイン語が分るのであるから，当の言語を一語も喋らないとはいうものの，彼にとってカルメンとイギリス人の間の意味交換にはいかなる秘密もない。第Ⅰ章で「私」から「読まれる」人であったドン・ホセはここでは読まれずして読む立場にある。だが契約はドン・ホセに特権のみを与えるわけではない。なるほど，彼はその男に気づかれずして——男は彼がスペイン語を解するとは思っていない——その男のことは全てわかる。ここにカルメンと連帯したドン・ホセのイギリス人に対する欺瞞の，したがってまた優越の根拠がある。けれども，バスク人はスペイン語を「知らない」のであるから，ライヴァルに分る言語による攻撃も禁じられている。契約は拘束する。彼は無力である。知が与えられているだけに，力の欠如はそれだけ一層いらだたしいに違いない。類似したことは，バスク語を知らないイギリス人についてもいえる。彼には，もう一方の世界で自分がどう扱われていようと，全く何もできない。知の欠如による無力である。カルメンのサディズムとは，二人の男のそれぞれの弱点につけこんで，イギリス人の方は馬鹿にして楽しみ，嫉妬に怒るバスク人の方は弄んで楽しむところにある。彼女は楽しみつつその「仕事」を成し遂げているのである。

　一部分を例としてあげよう。「お前のイギリス貴族様」を「マキラ」で叩きのめしたい，とドン・ホセがバスク語で言った時，イギリス人は，かつて「私」がパイヨなる一語だけに注意したように，「マキラだって，それ何のことだ」とたずねる。

　　「マキラというのはね」，いぜんとして笑いながらカルメンは言いました。「オレンジのことなの。オレンジのことをいうのにまったく変な言葉でしょう。この人，あんたにマキラを食べさせたいんですって」(979)

契約に従って両言語に通じる唯一の特権者による「翻訳」(978)である。その一石二鳥の効果について注釈しておこう。「マキラを食べさせる」(faire manger du maquila)——この部分冠詞はもともと一本二本と数えられるものをあたかもなにか物質の塊，たとえば一定量のオレンジのよ

うに量化する——という隠喩はイギリス人だけには通じない（マキラを食らわせる，とドン・ホセなら訳すだろう）。イギリス人は嘲笑の的になっているのである。しかし同時に，「まったく変な言葉」(un bien drôle de mot) という表現はバスク人の言語ナルシシズムを標的とした揶揄でもある。その意味ではこの共犯性の核には内部分裂もある。場面の緊張を高めるこのいわば填め込みによる同一構造の重複は，テーマ構成の上からは一連の類似した状況の中での差異を構成している。

　少数民の言語が秘密の言語となること，そして異性の刻印を強くうけた者が双方の世界を支配し，それを楽しむという事実を確認しよう。この手法は，先に指摘したテーマの段階的構成をまさに逆転した形で作動させることに他ならない。ドン・ホセによる解説をもって結びとしよう。

　　　ボヘミア人たちはいかなる国の者でもなく，いつも旅をしているのであらゆる言語を話すのです。彼らの大部分にとっては，ポルトガルでもフランスでも，バスク地方でもカタルニヤでも，どこでも自分の故郷です。ムーア人やイギリス人相手でも分ってもらえるのです。(960)

あなたには彼らは分らない。彼らにはあなたのことは分っている。これが外人／同国人の関係において現れる欺瞞と共犯の弁証法の帰結である。

結　論

　『カルメン』を一篇の恋愛小説としてしか読まない人にとって，エグゾティスムはその処理が恋物語のあたえる喜びを妨害しないなら，その限りにおいて物語にある種の色をそえるものとして承認できるだろう。ところで，読者の出合うあまりにも頻繁な外国語の使用，異国の事・物・語についての解説や脚注——我々はそれを完全に枚挙したわけではない——の介在は物語の興味をそぐ障碍になってはいないだろうか。
　いや，物語の流れを断つのはそれだけではない。構成そのものからして，ドン・ホセとカルメンの出会いから両人の死にいたる経緯は，学者による考証をまじえた別種類の言説によって囲いこまれる。カルメンは中央に位置するふたつの章においてしか登場しない。「私」のカルメンやドン・ホセとの交渉は，二人の生活といくつもの接点をもつとはいえ，彼らの「恋の物語」を報告するための「現実効果」[1]の枠にすぎず，それも巨大すぎる枠であろう。ドン・ホセと「私」とのいわゆる男の友情は一つの重要なテーマであり，それはじっさい一度は危機的な局面をまねくとはいえ，結局二人の男女は別のところで自分たちの運命を生きたのである。とすれば，二人の生にとって「私」とは何だったのか。さらに第 IV 章の追加は，ロマンスあるいは悲恋の物語にとってなじまない余計なお喋りにすぎまい[2]。恋愛の物語は，第 III 章のみではないにせよ，せいぜい最初の 3 章でつきている。それのみを『カルメン』の名で指呼するという事故が作者自身にすらおこったことを読者は知っている（IV, 994）。語り手の「私」は，説話の責任者であるにとどまらずまた談話の人であって，あるいは「読者」に話しかけあるいは異物を解説するのだが，いずれの介入においても事件の展開を中断させる。さらに作者は欄外に注釈の書きこみをおこなう。こうして，純然たる説話は幾とお

りにも異質の言説によって切断され包囲されあるいは隔離される。

　『カルメン』の受容はしばしば恋愛を作品の本質とし，以上のような様々の事実をあらずもがなの夾雑物したがって作品の欠陥とみなした。そもそも当事者が優れて他異性の具現者であって，恋愛もこの限定のなかで展開するという根本的な事実を見落とし，でなければ無視したのである。恋愛小説『カルメン』とはしたがって，ひとつの抽象的な構築に他ならない。それは読みたいところだけの恣意的な抽出であるとの誇りをまぬがれないであろう。カルメン神話のいわば原型となったメイヤックとアレヴィの『カルメン』がまさにそういう読みであった。それは書き直しであり，作品から生まれた別の作品である。この神話に浸ったまま読みを続けるのではなく，むしろこれを解体する，同時にテクストを細部にいたるまで別の展望のうちに位置づけることによって作品の全体性を再構築する，これが我々には必要と思われた。なぜか。

　それはメリメの『カルメン』は別のジャンルに位置づけるのが適当だからである。このカテゴリーを名指すことはなかったものの，我々は小説の方法の記述を通じて実質的にそれを証明したと思う。命名をおこなう時である。マリオンとサロモンは書いている。

　　　『カルメン』を読んで驚くのは，メリメがその女主人公の民族上の特殊性，「エジプトの務め」，ボヘミア人の習俗，彼らの言語，彼らのくだけた言い回し，彼らの諺をどれほど強調するかということである。『タマンゴ』や『コロンバ』においてそうだったように，彼はある民族上のタイプを描写しあるいはむしろ再構成しようとする[3]。

　このことは我々の試みた記述によってもはや明らかであろう。もちろん，上の引用がいうようにジプシーの重要性はいうまでもない。しかし，バスク人やスペイン人を初めとして，フランス人やイギリス人もまた観察の対象になっていることを我々は見た。それに，これらの民が力動的なとりわけ抗争の関係において描写されるということも。こうして作品は一つの「民族誌小説」(roman ethnographique) と定義される。

　『カルメン』の作者についての，天才の苦渋にみちた特権である「未来の方向づけ」を行うことはない「孤立した」「二流作家」[4]といった類の（ロマンティックな）判定をどう考えようか。彼らの批判する欠陥にもか

結論 111

かわらずカルメンという女性像がひとつの「神話」になったとすれば，たとえその神話のなかで作品を読むにしても，一貫した批評はこの作品こそが神話を開始したという事実を見落とすべきではなかっただろう。それに幻想文学作者としてのメリメもいる。怪奇小説『ロキス』（1869年）はもちろんとして，夢を下層意識を探る『ヂュマーヌ』（1873年）を「超現実主義」の先駆とする見方もある[5]。他方この多岐にわたる作家（polygraphe）にはあまり知られていない別の多くの顔があって，文学史はそれを十分に凝視したとはいえない。膨大な書簡の作者，古美術の研究家[6]（著書や論文のほかに，文化財保護にかかわる幾多の公式の報告書がある），歴史家，旅行記作者[7]，そして本書でまったく言及することのなかったロシア文学研究者[8]．．．の顔である。

批評の下したかに見える評価を性急すぎるとしながらも，ロマン派のなかでの，そしてエグゾティスム文学の中でのメリメの孤立ということは，トラアールやビリーとは別の意味で肯定することができると筆者は考える[9]。なぜならば『カルメン』は小説の新しいジャンルの可能性を，少なくともその一つの方向を先駆けて示す試みであったからである。「一つの方向」と我々は言う。すなわち別のもしかしたら可能な方向の否定である。これを最後に指摘しておかなければならない。

外人は分らない。外国の事は分らない。外国語は知らない。この時，人・事物・言語は他異性をまとう。異常化される。分らないものは理由もなく美しく見える。でなければ恐ろしい。恐ろしくなくするためにはどうするか。翻訳し，説明し，注解する。こうして異物は同化される。彼方は此方に変えられる。謎の美も謎の畏怖も飛び散る。読者はこちら側で，自分のところで安心していればよい。むこうがこちらに連れてこられる。私の知に消化されて私の肉となる。彼岸は消滅する。読み手は，ベッドに寝転びあるいは安楽椅子に体を埋めて待てばよい。いや，知ることが食べることである筈はない。私にはせいぜい軽い好奇心があれば上出来で，たとえ「エジプト」やその他諸民族の事柄についての煩わしい解説に目をとおしたところで，どうせ一瞬後にはこれを放念している。

私は彼方には行かない。彼方の内部には入らない。彼方の人と共に生きることはない。そもそも私には何人もの代理者がいる。読者を代理す

る作品内の「読者」,「読者」を代理する「私」,「私」を代理するドン・ホセである。ブルジョワの美徳である損得勘定が崇高な女によって攻撃される――

> あたし, 勿体ぶる人って嫌い。あんた, 最初の時は何か儲けがあるかどうか知らないままあたしにもっと大きな手助けをしてくれたわ。昨日あんたはあたしに取引をもちかけたのよ。(969)

としても, この「美徳」をこえた世界への境界をあなたや私が跨ぐわけではない。代理の代理のそのまた代理が彼岸に引きずりこまれたにすぎない。ドン・ホセのためらいつつの徐々の逸脱,「普通人」の生活からの転落を空想上でたどるだけで読者は無事に放免である。我々は保護されている。あなたや私は放蕩しない。堕落しない。ジプシーの知識は私を変えない。私はジプシーにはなれない。

　市民, 常民, 普通人ではないことの難しさ。私ではないことの難しさ。民族誌小説はすべてこの方法に従うのか。別の方法はないのか。読むということがそのまま, サルトルがいう意味での説明すなわち他異性の解消や同化[10]を拒むことであるような, そして異人と共に生まれ異人として生きることであるような, 私自身の異人化が要請されることであるような, したがって異世界に同化されることなくしては読み得ないような危機としての文学の方法は。

注　釈

序　論

1) 「私たちは文学を読みによるよりは噂によって知ることの方がずっと多い」（R. Escarpit, « Succès et survie littéraires », in *Le littéraire et le social*, Collectif, Flammarion, 1970, pp. 160–161)。
2) ドン・ジュアンの「伝説」「神話」はそれぞれ，G. de Bevotte と J. Rousset の著書名である（鷲見洋一「放蕩と処罰——ドン・ファン論」，「三田文学」, N° 20, 1990 年 2 月，124 頁参照)。
3) 「オペラが神話に変形した『カルメン』」（G. Chaliand, « Présentation » des *Lettres d'Espagne*, Ed. Complexe, 1989, p. 13)。
4) マルティノティに負う指摘（J.-L. Martinoty, « De la réalité au réalisme » in Bizet, *Carmen*, Collection « L'Avant-Scène Opéra », Ed. Premières Loges, 1989, p. 102)。
5) 以上オペラ『カルメン』の解題については，J. Mallion et P. Salomon, « Notice » de *Carmen*, in *Théâtre de Clara Gazul, Romans et Nouvelles*, La Pléiade, Gallimard, 1979, p. 1567; J.-A. Ménétrier, « Les feux de la rampe », in Bizet, *Carmen, op. cit.*, p. 8; B. Pinchard, « Bizet, Nietzsche ou comment s'amuser aux dépens de Wagner », in Bizet, *Carmen, op. cit.*, pp. 156–161; 浅井香織『音楽の〈現代〉が始まったとき——第二帝政下の音楽家たち——』，中公新書，1989 年，135–136 頁参照。
6) パリ，ロンドン，ニューヨーク，ミラーノ，ヴェローナ，ブエノス・アイレスにおける 1979 年までの驚異的な上演記録，そして 1978 年までのレコード目録は Bizet, *Carmen, op. cit.*, pp. 127–151 に見ることができる。最近の上演としてはピーター・ブルック演出『カルメンの悲劇』(1982) が，映画には 1983 年に製作されたフランチェスコ・ロージ演出および（噂によればパロディらしい）ゴダールの『その名カルメン』がある。
7) J. Mallion et P. Salomon, « Notice », *op. cit.*, p. 1567. オータンは，『カルメン』がテレヴィジョンに何回も出現しながら，メリメの名は「囁

かれた」に過ぎないことを指摘している (J. Autin, *Prosper Mérimée, écrivain, archéologue, homme politique*, Librairie Académique Perrin, 1983, p. 7)。

8) 因みに美的体験の現象学も同じ方向をたどる。デュフレンヌの見事なテクストをあえて要約すれば、それは、意識の志向性によって連帯を構成する知覚の二つの側面、対象的側面 (noema) と主体的側面 (noesis) を、両者それぞれの超越の事実にもとづいて識別し、美的体験を純粋な形でそれとして把握するという方法論的要請から後者を前者に従属させ、まず対象的側面の記述から分析を開始する (M. Dufrenne, *Phénoménologie de l'expérience esthétique*, t. I, « Introduction : Expérience esthétique et objet esthétique », P. U. F., 1953, pp. 4–8)。

第 1 章, I

1) J. Mallion et P. Salomon, « Notice », *op. cit.*, p. 1547 et « Notes et Variantes », p. 1572.
2) 本書で使用する『カルメン』およびメリメの諸作品のテクストはことわらない限りプレイヤッド版（序論、注5）のそれで、『カルメン』をのぞく作品については TRN と略記する。『カルメン』の参照指示におけるローマ数字は章を、アラビア数字はページを示す。なおこれは *Nouvelles de Prosper Mérimée* (M. Lévy, 1852) のテクストによっている。ガルニエ版 (*Romans et Nouvelles*, éd. M. Parturier, t. II, 1967) も同じ。
3) *Cf.* O. Ducrot et Tz. Todorov, *Dictionnaire encyclopédique des sciences du langage*, art. « Enonciation » (T. T.), Seuil, 1972, p. 406.
4) É. Benveniste, « Les relations de temps dans le verbe français » (1959), *Problèmes de linguistique générale*, t. I, Gallimard, 1966, pp. 237–250.
5) É. Benveniste, *op. cit.*, p. 239.
6) J. César, *De Bello Gallico*, I, vii, 1–2, Les Belles Lettres, 1961, p. 6.
7) このことはバンヴェニストも注記してはいる (É. Benveniste, *op. cit.*, p. 244, n. 3)。
8) G. Guillaume, *Leçons de linguistique*, 1948–1949, Série C, publ. par R. Valin, Québec : P. U. Laval / Paris : Klincksieck, 1973, pp. 48–49.
9) *Ibid.*, p. 49. ここでは分子 / 分母の位置を逆にしている。
10) *Cf.* É. Benveniste, « Structure des relations de personne dans le verbe » (1946), *op. cit.*, p. 230.
11) G. Guillaume, *ibid.*

12) É. Benveniste (1946), p. 233. ギヨームは「我われ」のとり得る二人称排除の意味には言及しない (*op. cit.*, pp. 50–51)。
13) アンドレ・ビリーは、「カルメンは純粋のボヘミア人ではない。彼女は自分がエチャラール生まれのバスク人であって、ボヘミア人たちに拉致されてセヴィリヤに連れてこられ、老いた母のもとに帰れるようにそこのマニュファクチュアで働いている、と述べている」(A. Billy, *Mérimée*, Flammarion, 1959, p. 154) と書く時、第1文とそれ以下との接続の事実によって、カルメンがバスクとボヘミアの混血であると判断しているかと思われる。そうだとすればこれは誤読である。

　ビリーはテクストの2箇所から演繹している。まず「私にはカルメン嬢が純粋種であるとはとても思えない。少なくとも彼女は私のかつて出会ったこの民のあらゆる女性たちよりはるかにずっと可愛かった」(II, 950) である。この件から、彼女が混血児らしいと推論することは不可能ではない。メリメは混血を断定していないのだから、例外的に美貌のジプシー娘という可能性も必ずしも排除することはできないが。異論があるのは、彼女にバスクの血が混じっているという判断である。著者は上記の文章においてカルメンのドン・ホセに向けた言葉 (III, 960) をほぼ忠実に復元している。けれども彼は、カルメンがそこで演技をしていることを明らかにする先立つテクストの存在を忘れている。ドン・ホセは語る。「私らバスク地方の者には訛があって、エスパニヤ人たちから簡単にそれと知られてしまいます〔...〕それでカルメンは私がプロヴァンス〔＝バスク地方〕の出身だということを苦もなく見破ったのです。御承知ください。ボヘミア人たちはいかなる国の者でもなく、いつも旅をしているのであらゆる言語を話すのです。彼らの大部分にとって、ポルトガルでもフランスでもバスク地方でもカタルニアでも、どこでも自分の故郷なのです。〔...〕カルメンはバスク語をかなりよく知っていました」(960)。つまり彼女は伍長のスペイン語の訛から彼がバスク人であることを知った。ところでジプシーである (II, 950) 彼女はバスク語をふくむ「あらゆる」言語を話すことができる。そこで彼女はバスク語を用いて出身を偽り、その上故郷の母云々というお涙頂戴の境遇を案出した。これが筆者の読みである。

　その上、ドン・ホセはカルメンのセリフを報告した後、それを「私」にこう解説している。「あの女は嘘をついていたのです。あいつはいつだって嘘をつきました。わたしにはあいつが一生のうちで一度なりとも真実の言葉を言ったことがあるかどうか存じません。けれども彼女が話している時、わたしはその言葉を信じたのです」(III, 961)。要す

るにテクストは，カルメンがもしかしたら混血であるということ以外には何も決定していないのである。

14) これはメリメ本人の人柄であったらしい。彼は行きずりの人と仲良しになる。『第二のエスパニヤ書簡』（TRN, 577）参照。『幼少年時代の思い出』の中で，彼をよく知っていたルナンが奇妙な証言をしている。「もし友達がいなかったならメリメはひとかどの人物になっていただろうに」（P. Josserand, « Introduction » à *Carmen et treize autres nouvelles*, Gallimard, 1965, p. 14）. Cf. E. Faguet, *Études littéraires sur le XIXe siècle*, « Prosper Mérimée », Boivin & Cie, 1889, p. 326.

15) D. Diderot, *Jacques le fataliste et son maître, Œuvres Complètes*, T. XXIII, Hermann, 1981, p. 23. 引用中の括弧および改行は筆者による。

16) サント・ブーヴの指摘：「このカルメンはもう少し味の強いマノン・レスコオに他ならない」（*Le Moniteur universel*, 7 février 1853）（Mallion et Salomon, « Notes » de Carmen, TRN, p. 1566 参照）. Cf. P. Trahard, *Prosper Mérimée et l'art de la nouvelle* (1923), Nizet, 3e éd., 1952, p. 13.

17) Abbé Prévost, *Histoire du chevalier des Grieux et de Manon Lescaut* (1771), *Œuvres*, t. I, P. U. de Grenoble, 1978, pp. 365–366.

18) M. Butor, *La modification*, Minuit, 1957.

19) 法月綸太郎『二の悲劇』（1994 年），祥伝社，1997 年。

20) 例えば Guilleragues, *Lettres portugaises* (1669), éd. F. Deloffre, Coll. « Folio », Gallimard, 1990（佐藤春夫訳『ほるとがる文』（1934 年），講談社，1994 年）の二人称は，去った愛人宛の書簡であるし，川端康成の短編『抒情歌』（1932 年）のそれは亡き愛人への語りかけである。

21) 『モザイク』は本文であげるものの他に，*Le Fusil enchanté* および *Ballades* 二篇（*le Ban de Croatie ; Le Heyduque mourant*），*Les Mécontents*, そして三篇の *Lettres sur* [sic] *l'Espagne* を収めていた（TRN, « Bibliographie », p. lxxxi）。なお *Ballades* の残る一篇 *La Perle de Tolède*（『トレドの真珠』）はここでとりあげる。

22) Mérimée, *La Perle de Tolède* in *Colomba et dix autres nouvelles*, Coll. « Folio », Gallimard, 1964, p. 77. 改行は筆者による。古典的な作詩法からいえば，第三行は前半句に字余りがあり 13 音節になる。（ちなみに *Il Vicolo di Madama Lucrezia*（制作 1846 年）の終わり（TRN, p. 1031）にも戯れのアレクサンドランが見える）。しかしすでに『トレドの真珠』にカルメンの系譜が見え隠れする事実を誰が気づいただろうか。歌姫は語る。「わたしはテレサ・ベルガンサ・ヴァルガス

注　釈

(Vargas) というのですが，このヴァルガスは典型的にジプシーにしてアンダルシヤの名前なのです。つまりわたしの血管にはジプシーの血が流れているのです」(Teresa Berganza, « Ma Carmen », in Bizet, *Carmen, op. cit.*, p. 116)。

23) Mallion et Salomon, « Chronologie », TRN, p. lx et « Notice » des *Lettres d'Espagne, op. cit.*, pp. 1382–1383.

24) *Cf.* M. Parturier, « Notice » de *Carmen*, in *Romans et Nouvelles*, t. II, Garnier Frères, 1967, pp. 341–342; Mallion et Salomon, « Notice », *op. cit.*, pp. 1558–1561. 特にカルメンの造形についてダルコスは，旅行中にメリメが出会ったカルメンシータなる娘をモデルとして主張している (Xavier Darcos, *Prosper Mérimée*, Flammarion, 1998, pp. 98, 102)。不可能ではない。しかしもっと興味ぶかいことはメリメがカルメンをジプシーとした点にあるだろう。

25) *Correspondance générale de Mérimée*, t. IV, p. 294 (cf. TRN, « Notice », p. 1558; Parturier, « Notice », *op. cit.*, p. 339)。

26) Mérimée, *Lettres adressées d'Espagne au directeur de la Revue de Paris*, II (1831), TRN, pp. 577–579.

27) カルメンの容姿については，メリメの友であったカルデロンの *Escenas andaluzas*（大部分が 1831–1832 年に発表された『アンダルシヤ情景』）の作中人物のそれとの類似も指摘されている (TRN, « Notes », p. 1576)。なお第四の『エスパニヤ書簡』(TRN, pp. 595–596) 参照。

第 1 章，II

1) ドン・ホセは自分のカルメンとの最初の出会いを語りながら，すでにこのことに言及している (957)。

2) P. Trahard, *op. cit.*, p. 20. 指摘はファゲのそれに共通する (Faguet, *op. cit.*, p. 332)。

3) J. Freustié, *Prosper Mérimée (1803–1870) : Le nerveux hautain*, Hachette, 1982, pp. 125–126.

4) Flaubert, *Correspondance*, Connard, 1926–1933, t. II, p. 345, cité par V. Brombert dans *Flaubert par lui-même*, Seuil, 1971, p. 63.

5) 夏目漱石『草枕』(1906)，現代日本文學大系 17『夏目漱石集』(一)，筑摩書房，昭和 43 年，281 頁。

6) 原文は次のとおり: « ... tous les rapports dont il (= le style) est composé, sont autant de vérités aussi utiles et peut-être plus précieuses pour l'esprit humain que celles qui peuvent faire le fond du sujet. »

(Buffon, *Discours sur le style* (1753), Ed. R. Nollet, Hachette, 8ᵉ éd., s. d., p. 22). 面白いことに，この件を引用するポーランは文末を «le fond du sujet» でなく «le fond du récit» (説話内容) と記載している (Paulhan, *Alain, ou la preuve par l'étymologie* (1953), in *Œuvres Complètes*, t. III, Cercle du Livre Précieux, 1967, p. 299)。なお中村栄子「ビュフォンの文体論をめぐって——文体に関する思想の変遷」，西南学院大学「フランス語フランス文学論集」，第25号，平成2年，1–28頁参照。

7) N. Sarraute, *L'ère du soupçon — essais sur le roman*, Coll. «Les Essais», Gallimard, 1956.

8) M. Parturier, «Notice» de *Carmen, op. cit.*, p. 342. 同じようにビリーは「末尾の小論文」は「知的な気取りをみせる振舞いにすぎない」と評価している (A. Billy, *op. cit.*, p. 153)。

9) Barthes, *Sur Racine* (1960), III «Histoire ou Littérature», Seuil, 1963, p. 166.

10) J. Dubois et autres, *Dictionnaire de linguistique*, Larousse, 1973, p. 157.

11) V. Brombert, *op. cit.*, pp. 57–59. 著者は評価の語句による直接の介入や作中人物がもちいる常套句の他に，二面性 (人物の感じ方/作者の理解し方) を示す文体の手法として自由間接話法と比喩 (直喩および隠喩) を挙げている。ジュネットも説話の中への談話の介入という一般的な観点から類似の現象を論じている (G. Genette, *Figures II*, «Frontière du récit», Seuil, 1969, pp. 62–66)。

12) IV, 989. 同じ『パンタグリュエル』からの引用は『コロンバ』(1840年) にも見える (TRN, p. 790)。

13) 書く行為における説得の戦略としての «On» および人称性の操作については，拙著『《パンセ》における声』，九州大学出版会，1990年5月，12–33頁参照。

14) II, 950. Cf. *Lettres adressées d'Espagne au directeur de la Revue de Paris* (1831), II, TRN, 567.

15) Mérimée, Lettre à Mme de Montijo du 16 mai 1845. 編集者は「メリメは経験から語る」としてこの書簡を引用している («Notes», pp. 1585–1586)。フルスティエは，同じ文章をメリメが1840–1845年にすでにジプシー問題に興味をもっていたことの証拠としている (J. Freustié, *op. cit.*, pp. 124–125)。筆者としては，この金貨か鍐銭かという議論には，モリエールのドン・ジュアンの貧者に対する行為 (『ドン・ジュアン』(1665), III, 2) の思い出が前提になっていることを指摘したい。

注　釈　119

16) 1845 年 10 月 16 日付ヴィテ（Vitet）宛書簡参照（« Notes » de *Carmen*, TRN, p. 1586）。
17) M. Bakhtine, *La Poétique de Dostoïevski*（改訂初版，1963 年），trad. fr. I. Kolitcheff, Seuil, 1970, p. 267.
18) 小説のいわゆる山をなす聖バルテルミーの殺戮，ラ・ロシェルの陣，そして主人公の兄の不運な最期はすでに語られた。語るべきことが語られた以上もう終わるしかない。いやもう全ては終わったのだ。読者がどのような結末を望もうと，作者の知ったことではない。それゆえメリメは「尻切れとんぼ」の印象をあたえ，非難もされた次の文で冒険譚を断ちきる。「メルジーの悲しみは癒されたか。ディアーヌは別の愛人を得たか。それは読者に決めていただく。こうして読者は好きなように小説を終えればよい」（*1572, Chronique du règne de Charles IX*, TRN, p. 450）。
19) *Cf.* M. Parturier, « Notice », *op. cit.*, p. 340.
20) 確実な記号 « tekmēria » と蓋然的な記号との区別については，A. Arnauld et P. Nicole, *La Logique ou l'art de penser*（5ᵉ éd., 1683），I, 4, P. U. F., 1965, pp. 53-54 参照。なお『論理学』が立てるもう一つの区分，自然的記号／制度的記号（p. 54）はつづく第二の問題に関係する。
21) バルトの記号論（*cf. Eléments de sémiologie*, 1964）である。その特徴は伝達の記号論の立場からこれを攻撃するムーナンの数ページが鮮明に示した（G. Mounin, *Introduction à la sémiologie*, Minuit, 1970, pp. 189-197）。
22) « Oui, Monsieur »（939）．いずれにも s は出るが，男の発言はじつは « Si, Señor »であっただろう。この点については後にふれる。
23) «... noble animal, en effet, si dur à la fatigue, à ce que prétendait son maître, qu'il avait fait une fois trente lieues dans un jour, au galop ou au grand trot. »（940）．
24) ドン・ホセの自伝の一部「考えてもみないうちに，密輸業者から泥棒になるのです」（III, 976）がこれに呼応する。なお第三の『エスパニヤ書簡』，引用書，584 頁参照。
25) I, 945. 男の名については，第 II 章でドミニコ会士も説明する。「奴さん，この地方ではホセ・ナヴァロの名で知られています。が，また別のバスク名ももっていて，これはあなたも私もけっして発音できますまい」（954）。
26) 『デンマークのエスパニヤ人』（1825 年）における女間諜のモノローグに比較すべきである。「もしかしたらあの方は，泥の魂をもって生まれ

はしなかったのに悪人たちに堕落させられた不幸な女に，すこしは憐れみを抱いてくださるでしょう。悪人たちはわたしから良心の残りを奪いとりはしなかった」(III, 3, TRN, p. 49)。「あの方」とはドン・フアン・ディアスなるもう一人のドン・フアンである。(これはまた9年後にドン・フアン・デ・マラニヤとして『煉獄の魂』(1834年) に現れる。なお，ダルコスも指摘しているが (上掲書，104頁)，前年にはモーツァルトの『ドン・ジョヴァンニ』がオペラ座およびイタリア座で上演されている)。また『イニェス・メンドもしくは偏見の克服』におけるイニェスの独白，「ああ，このインク壺だってあの方が下さったもの。もしかしたらあの方はあたしを憐れんで下さるかもしれない」(III, TRN, p. 119)。そして『アルセーヌ・ギヨ』(1844年) (TRN, p. 903)。

27) D. Diderot, *Satire première* (1777 ou 1778), in *Œuvres Complètes*, t. XII, Hermann, 1989, pp. 11–30.

28) Renan, *L'avenir de la science — Pensée de 1848 —* (1890), Calmann-Lévy, 20ᵉ éd., 1923, p. 151. ルナンによれば，コントはまた「言語の比較研究は歴史的事実としての単一性を認めるにいたるであろう，とア・プリオリに予言している。というのも (...) 動物の種はいずれも唯一の叫びしか有しないからである」(*op. cit.*, p. 506, n. 70)。これまた単一性つまり同一性の主張である。

29) これは，『イニェス・メンドもしくは偏見の勝利』におけるスペイン人ペドロのセリフ「エスパニヤ人としてわしは生まれた。エスパニヤ人としてわしは死ぬだろう」(III, I, TRN, 157) とテクスト間関係を構成する。これらのセリフのヨブの発言：« Nudus egressus sum de utero matris meae et nudus revertar illuc. » (*Liber Iob*, I, 21. 我裸にて母の胎を出でたり，また裸にてかしこに帰らん) との間の構文の同一性は，少なくともある類似した運命愛を示唆すると思われる。しかしメリメについては，いずれにも民族性の指定がある事実を見逃してはなるまい。また『カルメン』，IV, 992参照。

30) Faguet, *op. cit.*, p. 346. 我々の読みはこのようなメリメ評価から遠いことを言う必要があろうか。

31) ゲーテ，シャトーブリヤン，スタンダール，バルザックその他によるこの作品と作者に関する批評をビリーが要約している (A. Billy, *Mérimée, op. cit.*, pp. 34–35)。

32) Mérimée, *Inès Mendo ou le Préjugé vaincu* (TRN, pp. 105–127), *Inès Mendo ou le Triomphe du préjugé* (TRN, pp. 129–164). 三項並記の標題にもかかわらず実際には古美術史家・政治家としてのメリメの評伝

を書いたオータンにとっては，これは社会的に恥ずかしくない結婚を主題とする「ブルジョワ喜劇」にすぎない（J. Autin, *op. cit.*, p. 32）。同じくダルコスにとっても「不釣合いな結婚」がテーマである（X. Darcos, *Mérimée, op. cit.*, p. 70）。メリメ諸作品のテクスト間関係の観点からして我々はこの解釈に与しない。

33) V. Segalen, *Essai sur l'exotisme* (1955, pub. partielle; Fata Morgana, 1978), L. G. F., 1986. セガレンによる概念の拡大とは，人種や文化はもちろん性（男／女），自然界（動物／植物／鉱物），歴史（過去／未来），要するにあらゆる種類の差異への適用に存する（pp. 33, 39-40）。更に差異は時間と空間によって分節される。そして「エグゾティスムとは（...）大芸術家の問題である」（p. 58）と彼は書いている。

第 2 章　他異性

1) P. Jourda, *L'Exotisme dans la littérature française depuis Chateaubriand*, t. I « *Le Romantisme* » (1938) et t. II « *Du Romantisme à 1939* » (1956), Slatkine Reprints, 1970. この主題は，17-18 世紀についてはつとにジルベール・シナールが踏査している（G. Chinard, *L'Amérique et le rêve exotique dans la littérature française au XVIIe et au XVIIIe siècle* (1913), Slatkine Reprints, 1970）。

2) とはいえ，稀有の文章家 Paul Gauguin（1848-1903）にはいかなる言及もない。『ノア・ノア』や書簡はもちろん，様々の文章をあつめた *Oviri, Ecrits d'un sauvage*, choisis et présentés par D. Guérin, Coll. « Idées », Gallimard, 1974 を読むべきである。なお，ジュールダによるセガレンの *René Leys* の読みについての細部の誤りを指摘した研究（A-M. Grand, *Victor Segalen, le moi et l'expérience du vide*, Méridiens Klincksieck, 1990, pp. 13-14）もある。

3) E. Faguet, *op. cit.*, p. 346. 第 1 章，II, n. 30 参照。

4) P. Trahard, *op. cit.*, p. 51. *Cf.* Billy, *op. cit.*, p. 21.

5) G. Chaliand, « Présentation » *des Lettres d'Espagne*, Ed. Complexe, 1989, p. 9.

6) P. Jourda, *op. cit.*, t. I, « Avant-Propos », p. 7.

7) 周知のように，手法（« priom », procédé, device）の重要性は，いわゆる文学史を批判するロシア・フォルマリストたち，とりわけヤコブソンによって宣言された。詩学者はこう書いている。「文学研究が学問となることを欲するならば，手法をこそその唯一の「主人公」として認めなければならない」（R. Jakobson, « La nouvelle poésie russe » (1921),

trad. T. Todorov, in *Questions de poétique*, Seuil, 1973, p. 15）；「最新ロシア詩」，新谷・磯谷編訳『ロシア・フォルマリズム論集』所収，現代思想社，1971 年，76 頁；「最も新しいロシアの詩」（北岡誠司訳），水野忠夫編『ロシア・フォルマリズム文学論集』第一巻，せりか書房，1982 年，21 頁。

8) F. Affergan, *Exotisme et altérité — Essai sur les fondements d'une critique de l'anthropologie*, Coll. « Sociologie d'aujourd'hui », P. U. F., 1987, p. 10.

第 2 章，I

1) もっとも，現代のフランス人を対象としたスペイン旅行の案内書の一つは，最初に覚えるべき文として，« Alguno de ustedes habla francés? »（あなた方の中にフランス語を話す人はいますか）をあげている（N. Calef et autres, *L'Espagne*, Les Guides modernes Fodor, Paris: Ed. Vilo, p. 399）。この問いかけをせざるを得ない者はその前に何と発するのだろうか。

第 2 章，II

1) S. de Beauvoir, *Le Deuxième Sexe*, « Introduction », Tome I, Gallimard, 1949, Coll. Idées, p. 18. このフェミニスムの古典的作品は，他者（l'Autre）としての女性観を告発する。なおもじりの原テクスト：« On ne naît pas femme: on le devient. »（人は女として生まれない。女になるのである）は同書 IV, I, p. 285 にみえる。

2) I, 940, 943. また II, 949 の二つの脚注にはいずれも « En Espagne ... » が入っている。

3) III, 957. あるいはまた「あの人種の人々にとっては自由こそすべてなのです。一日でも牢屋にはいる位なら町に火をつけさえするでしょう」（963）。

4) ベルナール・ルブロンはごく簡単に『カルメン』における « racisme » に言及している（B. Leblon, « Préface » de *Carmen*, Actes Sud, 1986, p. 12）。なお，メリメへの言及はないが，フランスにおける人種論・人種差別の思想の歴史（異国趣味についての章もふくむ）については，T. Todorov, *Nous et les Autres: la réflexion française sur la diversité humaine*（Seuil, 1989）参照。

5) Mérimée, Lettre à E. Ellice, du 17 mars 1857; Lettre à Panizzi, du 28 janvier 1864, citées par J. Autin, *op. cit.*, pp 232–233.

6) V. Segalen, *op. cit.*, p. 57.
7) 「もちろん子供なら懐中時計の音をきいてとても嬉しがるかもしれない」(J. Paulhan, « Un Primitif du roman : Duranty » (1942), *Œuvres Complètes*, IV, Cercle du Livre Précieux, 1969, p. 49)。
8) 作品がカルメンの悪魔性を一貫して強調する事実をプレイヤッド版の注解は力説する。彼女は「私」にとって (951, 952)、ドン・ホセにとって (962, 975, 988) 魔女もしくは悪魔であり、彼女自身もそのことを肯定する (968, 975)。マリオンとサロモンにとっては、作品が「幻想ジャンルに関係づけられて然るべき」(« Notice », p. 1566) 所以である。ではしかし「私」によるドン・ホセとサタンとの観念連合をどう考えようか。
9) モンテーニュをうけて、シャロンは人間を「天使にして同時に豚」と断じている (P. Charron, *De la sagesse* (1601, 2ᵉ éd. 1604), I, 5, Fayard, 1986, p. 272)。パスカルの警句は周知のとおり (Pascal, *Pensées*, 154 (éd. Sellier, Bordas, 1991) -121 (*Œuvres complètes*, éd. Lafuma, Seuil, 1963) ; S. 557-L. 678)。
10) 同じモティフは、瀕死のゴモール大尉のドン・ジュアンへの依頼 (*Les Âmes du purgatoire*, TRN, 703) および薄幸のアルセーヌ・ギヨのド・ピレンヌ夫人へのそれ (*Arsène Guillot*, TRN, 904) に見ることができる。
11) *Cf. Evangile selon Saint Mattieu*, X, 5, *La Bible*, trad. de Lemaître de Sacy, Coll. « Bouquins », R. Laffont, 1990, p. 1278. 使徒パウロの異名は周知の通り。
12) II, 952. なお « payllo » は容易にフランス語の « païen » (異教徒) や蔑称である « parpaillot » (新教徒) を連想させる。
13) « Idée accessoire » (付帯観念) については A. Arnauld et P. Nicole, *La Logique ou l'art de penser*, I, ch. 14-15, *op. cit.*, pp. 94-101 参照。
14) III, 980. 強調筆者。これはボヘミア人の諺をふまえた表現である。原注 980 頁および異文注 1583 頁参照。
15) メリメにおける窃盗の対象としての時計のテーマについてはマリオンとサロモンの指摘のとおり (953, n. 1)。
16) カルメンが営倉のドン・ホセに差入れる精巧なヤスリ (III, 963) も英国製であった。
17) Flaubert, *Dictionnaire des idées reçues* (1911), art. « Anglais » (p. 13), « lord » (p. 67), Bordeaux : Le Castor Astral, 1990.

第 2 章, III

1) J.-P. Sartre, *Qu'est-ce que la littérature?*, III, Gallimard, 1948, p. 117.
2) *Cf.* R. Jakobson, « Linguistique et Poétique » (1960), in *Essais de linguistique générale*, I, trad. N. Ruwet, Minuit, 1963, p. 214.
3) アルノオとニコルはこれを「名称の定義」つまり概念規定の一種としている。*La Logique . . . , op. cit.*, I, ch. 14, pp. 93–99.
4) 編者によれば，著者はこれを 1848 年 8 月 31 日の個人宛て書簡では « pierre bonne »（よく効く石）と翻訳している（959, n. 5）。
5) « rommani » はまた « romani » とも表記されている（III, 966）。異文注によれば初出および 1847 年版では « rommani » であった（966, a）。
6) カルメンのセリフ « Ah! les *lillipendi* qui me prennent pour une *erani* »（975）は，ボヘミア語を知らない者にとっては，書き手による脚注がなければ理解不可能である。これまた報告者が，ボヘミア語での発言を翻訳しつつ，名詞のみは原語を残していると考えることができる。
7) Mérimée, *La Guzla ou choix de poésies illyriques, recueillies dans la Dalmatie, la Bosnie, la Croatie et l'Herzégovine* (1827), in *La Double Méprise, La Guzla*, Calmann-Lévy, 1922, pp. 129–318. この韜晦的作品のいわゆる « illyrique » は「イリリアの」(illyrien) と「非叙情的」(il-lyrique) とをかけた戯れの造語であろう。なお，プーシキンは作品の真正さを疑わず（A. Billy, *op. cit.*, p. 37），翻訳を試みさえした（X. Darcos, *op. cit.*, pp. 76–77），という。
8) Mérimée, *La Jaquerie, scènes féodales* (1828), in *Théâtre de Clara Gazul, comédienne espagnole*, suivi de *La Jaquerie* et de *La Famille Carvajal*, Calmann Lévy, 1924, pp. 245–405.
9) Mérimée, *La Famille Carvajal, ibid.*, pp. 407–447. メリメ自身「序文」の中でベアトリーチェ・チェンチの裁判に言及している（« Préface », p. 409）。この物語がスタンダールに親しいものであった（*Les Cenci*, 1855）ように，カルヴァジャルの娘はサンドの *Indiana*（1832）の主人公となる。
10) Pierre Loti, *Aziyadé . . .* , Coll. « Omnibus », Presses de la Cité, 1989 所収の全作品について原注の数を抜きだすならば，*Aziyadé*（1879）: 0, *Le Mariage de Loti*（1880）: 1, *le Roman d'un Spahi*（1881）: 1, *Mon Frère Yves*（1883）: 7, *Pêcheur d'Islande*（1886）: 3, *Madame Chrysanthème*（1887）: 8, *Romuntcho*（1897）: 4, *Les Désenchantées*（1906）: 16 である。一語ないしせいぜい一二行のものが多い。後期になるにつれてこれが増加する傾向にある。

11) 注釈その他のメタテクストの諸問題については，拙論「『パンセ』とメタテクスト——未完成エクリチュールの徴候についての試論」(1) 山口大学「独仏文学」第 7 号，1985 年，(2) 山口大学「文学会志」第 36 巻，1985 年，(3)「独仏文学」第 8 号，1986 年；« Les *Pensées* et le métatexte », in *Equinoxe*, N° 1, Rinsen-Books, 1987, pp. 31–44 ; G. Genette, *Seuils*, Ed. du Seuil, 1986 参照。
12) É. Benveniste, « Structure des relations de personne dans le verbe », *op. cit.*, p. 228. Cf. M. Yaguello, *Alice au pays du langage : pour comprendre la linguistique*, Seuil, 1981, p. 22.
13) É. Benveniste, « Les relations de temps dans le verbe français », *op. cit.*, pp. 237–250.
14) 本書第 1 章，I, 2,「談話 / 説話」の節参照。
15) III, 966, n. 1. 筆者による強調部分は単純過去を時制としている。この逸話のもう一つのヴェルシオンを（『カルメン』と制作時期の重なる）歴史家の文章に読むことができる（Mérimée, *Histoire de Don Pèdre 1ᵉʳ, roi de Castille*（1848), Marcel Didier, 1961, pp. 173–174)。ただしそこには『カルメン』の注に見られる王と行政司法官との奇妙な対話はない。因みにドン・ペドロの彫像の首を切らせる故事はすでにメルシエも言及している（S. Mercier, *Tableau de Paris*（1781), in *Paris le jour, Paris la nuit*, Coll. « Bouquins », R. Laffont, 1990, p. 64)。
16) III, 987.『カスティリヤ王ドン・ペドロ一世』は 1353 年 6 月 3 日の王とフランス王女との婚礼，儀式や行列を記述し，両者に王の愛人マリア・パディリヤを加えた三者の虚実の駆引きを当時の政治状況とのからみで吟味している。金の帯の伝承は注で言及されている（Mérimée, *Histoire de Don Pèdre...*, *op. cit.*, pp. 155–160 et 157, n. 1)。
17) III, 975. 第 2 章，III, 1,「本文での処理」，注 6 参照。
18) 以下年代の記載については *Le Petit Robert*（1979), *Lexis*, Larousse, 1979 / 1989 を，またスペイン語の語義については Denis (S.), Pompidou (L.), Maraval (M.), *Dictionnaire Espagnol Français*, Hachette, 1968 を参照する。
19) 第 2 章，III, 1,「フランス語での記述・命名」の節参照。
20) 第 2 章，II, 2,「私」の節参照。後にメリメはパリ・モードのスペインへの侵入を嘆く興味深い文章を友人宛に書いている。「フランスのモードの進展は恐るべきで，マンティラは今ではかなり珍しくなっています」（A. J. ダカン宛，マドリッド，1853 年 11 月 22 日，*Correspondance générale de Prosper Mérimée*, éd. M. Parturier, 2ᵉ série, t. I, Toulouse :

E. Privat, 1953, p. 216)。「いろいろの仕事でもとりわけ（...）私は舞踏会に出かけます。そこで食べるのです。踊りはしません。とても綺麗な衣裳が見られるようですが，余りにもパリに似ていると思えるのです。しばらくしたらあらゆる国々が酷く似通ったものとなって，旅行する必要はなくなるでしょう」(A. O. ド・ラグレヌ宛，マドリッド，（1853年）11月27日，同上，p. 221)。

21) 必ずしも他人へのコミュニケイションを意図せずに書かれた人類学者のテクストには，専門家でなければ意味不明なままにとどまる現地語が頻出する。そのため出版者は読者の便宜のために「語彙集」をつけざるを得ない。一例をマリノフスキーの日記（B. Malinowski, *Journal d'ethnographe*（1967），trad. de l'anglais par T. Jolas, Seuil, 1985）に見ることができる。

22) なおロティも英国人の制服に言及している（*Aziyadé, op. cit.*, XXV, p. 121, XXX, p. 125)。

23) 第2章，III, 1,「本文での処理」参照。

24) W. Propp, *Morphologie du conte*（1928 / 2ᵉ éd. 1969), ch. 2 « Méthode et matière », trad. fr. par M. Derrida, Seuil, 1970, pp. 28–34. プロップがいわゆる「機能」について実践する方法論的操作を，二項の「関係」に応用した拙論 « Lire les *Pensées* — la relation binaire comme invariant », in *Études de Langue et Littérature françaises*, Nº 46, Hakusuisha, 1985, pp. 9–11 参照。

第2章，IV

1) 「ソロモン王パロの女の外に多くの外國の婦を寵愛せり即ちモフブ人アンモン人エドム人シドン人ヘテ人の婦を寵愛せり［...］彼妃公主七百人　嬪三百人あり」（『列王紀略』上，XI, 1–3)。この件にはもちろん政治的意味もあるだろう。

2) F. Affergan, *Exotisme et Altérité, op. cit.*, pp. 27–28. 原文の斜字体は強調点に変更。

3) ペルーに赴任した副王のスペイン中心主義的なセリフと比較できる。「地方の名はええと...とんでもないインディアン名だが...。なんでインディアンはみんなエスパニヤ語を話さないのか」（*Le Carrosse de Saint Sacrement, saynète*, TRN, p. 220)。

4) 社会諷刺やモラリストの文学がこの異常化の手法を開発してきたことはよく知られている。モンテスキウやヴォルテールを思いだそう。啓蒙時代の文学に際立つ「異人」（外国人や他星の住人，稀には天使）の

導入の戦略的な意味についてはヴァレリーの指摘（Valéry, « Préface » aux *Lettres Persanes*, in *Variétés II*, Gallimard, 77ᵉ éd. 1930, pp. 65–67）参照。だがすでに17世紀末には，パリに到来したあるシャム人を想像し，「この大都会のあらゆる特異な点（particularités）を旅人の目で吟味させる」(p. 1003) モラリストがいた（Dufresny, *Amusements sérieux et comiques* (1699), in *Moralistes du XVIIᵉ siècle*, éd. J. Lafond, R. Laffont, 1992, pp. 994–1045）。この主題は逆のモティフ——別天体への旅（シラノ・ド・ベルジュラック），空想上の島への漂着（マリヴォー），そして『ペルシア人の手紙』やマルローの『西欧の誘惑』（1926年）が範を示している異国での滞在（端的な意味でのエグゾティスム文学）と対を構成する。

5) バスク人は「走るのが得意」というのは，フロベールのいわゆる常套観念である（Flaubert, « Basques », *Le Dictionnaire des idées reçues*, Bordeaux : Le Castor Astral, imp. 1990, p. 14）。モリエールの『恋の怨み』(I, 2) における用例は知られている（TRN, « Notes », p. 1578）が，すでにモンテーニュも，「全て変更というものは驚かし傷つける」という命題を説明するためにこう書いていた。「70歳のブルターニュ人に水を飲めと命じてみよ。船乗りを蒸し風呂に閉じこめてみよ。バスク人従僕に歩きまわること（le promener）を禁じてみよ」（Montaigne, *Essais*, L. III, ch. 13, éd. J. Plattard, t. III, vol. 1, Les Belles Lettres, 1967, p. 210）。

6) III, 961. 歴史家メリメもバスク人の「勇敢で独立的な」「大胆で好戦的な」「不屈の性格」，また家庭や伝統を重んずる傾向を強調している（*Histoire de Don Pèdre Iᵉʳ, roi de Castille, op. cit.*, pp. 100–101, 250, 261 et 322）。

7) Freud, *Malaise dans la civilisation* (1929), trad. franç. Ch. et J. Odier, Presses Universitaires de France, 1971, p. 68.

8) それぞれの歴史的な事情を捨象すれば，イギリス人／アイルランド人，ルーマニア人／ハンガリア人，ルワンダをはじめとするアフリカ諸国，中東諸国，(*La Guzla* の著者が1827年にとりあげた) ボスニア，それに南／北朝鮮，インドネシア／東チモール，シンガル人／タムル人... らの関係は周知のとおりである。

9) あるスペイン人ガイドについて，第4の『エスパニヤ書簡』（1830年11月）の著者は，「私は彼の弱点（son faible）である地方主義的愛国心（patriotisme provincial）をつこうと考えた」と書いている（*Lettres d'Espagne*, IV, TRN, p. 594）。

10) Dumas, *Vingt ans après* (1845), in *Les trois mousquetaires / Vingt ans après*, Gallimard, « La Pléiade », 1962, p. 1182.
11) 「仲むつまじい愛情の時には彼女は伯爵と懐かしい母国語を用いることがよくあった。とりわけフランス人の召使たちがいる場合がそうで，彼らにはその言語は知られていなかったのである」(Gauthier, *Avatar*, in *Récits fantastiques*, Presses Pocket, 1992, p. 288)。
12) 我々はすでに同じ状況（I. 947, II. 951–952, 952–953, III. 966）を指摘した。本書第 2 章，III, 1,「原語 + 解説」,「フランス語での記述・命名」, III, 3,「分らないもの」の節参照。

結 論

1) バルトの用語の転用。批評家はとりわけフロベールの細部描写を例にとっている (Barthes, « L'effet de réel » (1968), in *Essais critiques*, IV, Éd. du Seuil, pp. 167–174; in *Œuvres Complètes*, t. II, Éd. du Seuil, 1994, pp. 479–484)。
2) このような「判決」の例はメリメ研究の大家たち P. Trahard (*op. cit.*, pp. 20 et 39) や M. Parturier (« Notices » de *Carmen, op. cit.*, p. 342) に見ることができる。
3) J. Mallion et P. Salomon, « Notice » de *Carmen*, TRN, p. 1561.
4) P. Trahard, *op. cit.*, p. 52.
5) 詳しくは J. Mallion et P. Salomon, « Notice » de *Djoûmane*, TRN, pp. 1650–1653 参照。なおカイヨワによるメリメの「幻想小説」論を序文とした *Contes étranges*, éd. R. Caillois, Vialelay, 1972 とともに，フランス 19 世紀前半の代表的な幻想小説を収めた D. Mortier (éd.), *Récits fantastiques, op. cit.* を挙げておく。これはノディエ，バルザック，ゴティエの諸作品とともに『イールのウェヌス』『ロキス』を収録し，巻末にはベルマン゠ノエルによる精神分析の試み (J. Bellemin-Noël, *Vers l'inconscient du texte*, P. U. F., 1979) の『イールのウェヌス』を対象とする抜粋を収録している (pp. 395–397)。
6) Cf. Mérimée, *Études sur les arts du moyen-âge*, « Avertissement » de P. Josserand, Flammarion, 1967.
7) Cf. Mérimée, *Notes de voyages*, présentées par P.-M. Auzas, Hachette, 1971; *Notes d'un voyage dans l'ouest de la France* (1836), présentées par P.-M. Auzas, Adam Biro, 1989.
8) Cf. Mérimée, *Études de littérature russe*, éd. H. Mongault, 2 vols., Librairie Ancienne Honoré Champion, 1931–1932.

9) A. Billy, *op. cit.*, p. 21.
10) J.-P. Sartre, *Qu'est-ce que la littérature?*, *op. cit.*, p. 117.

参考文献

I. メリメの作品
1. *Théâtre de Clara Gazul, Romans et nouvelles*, édition établie, présentée et annotée par Jean Mallion et Pierre Salomon, « Bibliothèque de la Pléiade », Paris : Gallimard, 1978.（TRN）
    ――*THÉÂTRE DE CLARA GAZUL, comédienne espagnole*（1825, Nouvelle éd. 1830）:
    a. *Les Espagnols en Danemark*（1825）.
    b. *Une femme est un diable ou la Tentation de saint Antoine*（1825）.
    c. *L'Amour africain*（1825）.
    d. *Inès Mendo ou le Préjugé vaincu*（1825）.
    e. *Inès Mendo ou le Triomphe du préjugé*（1825）.
    f. *Le Ciel et l'enfer*（1825）.
    g. *L'Occasion*（1830）.
    h. *Le Carrosse du Saint-Sacrement*（1830）.
    ――ROMANS ET NOUVELLES :
    a. *1572, Chronique du règne de Charles IX*（1829, Seconde éd. 1832）.
    b. *Mateo Falcone*（in *Mosaïque*, 1833）.
    c. *Vision de Charles XI, 1829*（*Ibid.*）
    d. *L'Enlèvement de la redoute*（*Ibid.*）
    e. *Tamango*（*Ibid.*）
    f. *Federigo*（*Ibid.*）
    g. *Le Vase étrusque*（*Ibid.*）
    h. *La Partie de trictrac*（*Ibid.*）
    i. *Lettres adressées d'Espagne* au directeur de la « Revue de Paris »（*Ibid.* pour les trois premières *Lettres*, et dans la *Revue de Paris* du 29 décembre 1833 pour la quatrière）.
    j. *La Double Méprise*（1833）.
    k. *Les Âmes du purgatoire*（in *Colomba*, 1841）.

l. *La Vénus d'Ille* (*Ibid.*)
m. *Colomba* (*Ibid.*)
n. *Arsène Guillot* (in *Carmen*, 1847).
o. *Carmen* (*Ibid.*)
p. *L'Abbé Aubain* (*Ibid.*)
q. *Il Vicolo di Madama Lucrezia* (in *Dernières nouvelles*, 1873).
r. *La Chambre bleue* (*Ibid.*)
s. *Lokis* (*Ibid.*)
t. *Djoûmane* (*Ibid.*)

2. *Les Âmes du purgatoire*, in *Don Juan, Mythe littéraire et musical*, textes réunis et présentés par Jean Massin, Bruxelles: Editions Complexe, 1993.
3. *Les Âmes du purgatoire*, in *Nouvelles et Contes à propos de Don Juan*, textes réunis par Erich Fisbach, Alfil Editions, 1993.
4. *Carmen*, Préface de Bernard Leblon, Arles: Actes Sud, 1986.
5. *Carmen et treize autres nouvelles*, éd. P. Josserand, Collection « Folio », Gallimard, 1965.
6. *Colomba*, Introduction et notes par Pierre Jourda, Coll. « Textes Littéraires Français », Paris: Droz, 1947.
7. *Colomba et dix autres nouvelles*, Coll. « Folio », Gallimard, 1964.
8. *Contes étranges*, Introduction de Roger Caillois, Coll. « Prestige de l'Académie Française », Paris: Vialelay, imp. 1972.
9. *Correspondance générale de Prosper Mérimée*, établie et annotée par Maurice Parturier avec la collaboration de P. Josserand et J. Mallion:
   a. Première série, t. I-VI, Paris: Le Divan, 1941–1947.
   b. Deuxième série, t. VII-XVII, Toulouse: Privat, 1953–1964.
10. *La Double Méprise, la Guzla*, Paris: Calmann-Lévy, 1922.
11. *Études de littérature russe*, texte établi et annoté par Henri Mongault, 2 volumes, Paris: Honoré Champion, 1931–1932.
12. *Études sur les arts du moyen âge*, Avertissement de Pierre Josserand, Coll. « Images et Idées », Paris: Flammarion, 1967.
13. *La Famille Carvajal* (1828) (N°26).
14. *La Guzla ou choix de poésies illyriques recueillies dans la Dalmatie, la Bosnie, la Croatie et l'Herzégovine* (1827), Introduction par Antonia Fonyi, Paris: Ed. Kimé, 1994.
15. *Histoire de Don Pèdre 1er, roi de Castille* (1848), Introduction et notes de Gabriel Laplane, Paris: Marcel Didier, 1961.

16. *La Jaquerie, scènes féodales*（1828）(N°26).
17. *Lettres d'Espagne*（1833）, Présentation de G. Chaliand, Belgique: Editions Complexe, 1989.
18. *Lettres libres à Stendhal*, suivi de *H. B.*, Préface de G. Goffette, Arléa, 1992.
19. *Lokis*, in Mérimée, Nodier, Balzac, Gautier, *Récits fantastiques*, Préface et commentaires de Daniel Mortier, Paris: Presses Pocket, 1992.
20. *Mosaïque*（1833）, texte établi et annoté, avec une introduction par Maurice Levaillant, Paris: Honoré Champion, 1933.
21. *Notes de voyages*, présentées par Pierre-Marie Auzas, Paris: Hachette, 1971.
22. *Notes d'un voyage dans l'ouest de la France*（1836）, présentées par P.-M. Auzas, Paris: Adam Biro, 1989.
23. *L'Occasion*（1830）, mise en scène et commentaires de Pierre Valde, Paris: Ed. du Seuil, 1949.
24. *La Perle de Tolède*（1833）, in *Colomba et dix autres nouvelles*（N° 7）.
25. *Romans et Nouvelles*, éd. M. Parturier, 2 volumes, Paris: Garnier Frères, 1967.
26. *Théâtre de Clara Gazul, comédienne espagnole*, suivi de *La Jaquerie* et de *La Famille Carvajal*, Calmann-Lévy, 1924.
27. *Théâtre de Clara Gazul*, suivi de *La Famille Carvajal*, Chronologie et préface par P. Salomon, Paris: Garnier-Flammarion, 1968.
28. *Théâtre de Clara Gazul*, édition présentée, établie et annotée par Patrick Berthier, Coll. « Folio », Gallimard, 1985.
29. *Vénus d'Ille*, in *Récits fantastiques*（N° 19）.
30. 日本語訳『メリメ全集』全5巻，河出書房，昭和52年。

II. 18世紀までの文献

1. Aristote, *Ars Poetica* :
　—— *La Poétique*, texte grec avec une traduction et les notes de lecture par R. Dupont-Roc et J. Lallot, Ed. du Seuil, 1980.
　——藤沢令夫訳『詩学』，世界の名著8『アリストテレス』所収，中央公論社（1979年），第6版，1994年。
　—— *Poetics*, translated by S. H. Butcher, New York: Hill and Wang, 1961.
2. Arnauld（Antoine）et Nicole（Pierre）, *La Logique ou l'art de penser*（1662, 5ᵉ édition, 1683）, éd. critique par P. Clair & F. Girbal, Presses Universitaires de France, 1965.

3. Buffon (Georges Louis Leclerc, comte de), *Discours sur le style* (1753), éd. publiée avec une Introduction et Notes par R. Nollet, 8ᵉ éd., Hachette, s.d.
4. César (Jules), *De Bello Gallico*, texte établi et traduit par L.-A. Constans, 2 vols, 7ᵉ éd., Paris: Les Belles Lettres, 1961.
5. Charron (Pierre), *De la Sagesse* (1601, 2ᵉ éd., 1604), Coll. « Corpus des Œuvres de philosophie en langue française », Paris: A. Fayard, 1986.
6. Diderot (Denis), *Satire Première* (1777 ou 1778), in *Œuvres Complètes*, t. XII, Paris: Hermann, 1989.
7. Diderot (Denis), *Jacques le fataliste et son maître* (1778–1780), in *Œuvres Complètes*, t. XXIII, Hermann, 1981.
8. Dufresny (Charles Rivière-), *Amusements sérieux et comiques* (1699, 2ᵉ éd., 1707), in *Moralistes du XVIIᵉ siècle*, éd. Jean Lafond, Coll. « Bouquins », Paris: R. Laffont, 1992.
9. Guilleragues, *Lettres portugaises* (1669), suivies de *Guilleragues par lui-même*, Présentation de Frédéric Deloffre, Coll. « Folio », Gallimard, 1990.
――佐藤春夫訳『ほるとがる文』(1934年)、『車塵集・ほるとがる文』、講談社, 1994年所収。
10. Mercier (Sébastien), *Tableau de Paris* (1781), in *Paris le jour, Paris la nuit*, Coll. « Bouquins », R. Laffont, 1990.
11. Molière, *Dom Juan* (première représentation: 1665), in *Œuvres Complètes*, éd. Georges Couton, t. II, « La Pléiade », Gallimard, 1971.
12. Montaigne, *Essais* (1580, 3ᵉ édition 1595), éd. Jean Plattard, en 6 volumes, Les Belles Lettres, 1959–1967.
13. Pascal (Blaise), *Pensées* (1670):
――Edition Philippe Sellier, Paris: Bordas, 1991.
――Edition Louis Lafuma, in *Œuvres Complètes*, Paris: Seuil, 1963.
14. Prévost (Antoine François Prévost d'Exiles, dit l'abbé), *Histoire du chevalier des Grieux et de Manon Lescaut* (1731), texte établi par Jean Sgard, in *Œuvres*, t. I, Presses Universitaires de Grenoble, 1978, pp. 361–440.
15. 聖書:
――*Biblia Sacra Vulgata* (1969), Editio tertia, Stuttgart: Deutsche Bibelgesellschaft, 1983.
――*La Bible*, traduite par Lemaître de Sacy (Louis-Isaac) (1657–1696), Préface et textes d'introduction par P. Sellier, Coll. « Bouquins », R. Laffont, 1990.

参考文献　　　　　　　　　　　135

———『舊新約聖書』(1887), 日本聖書協会, 1982 年。

III.　近代のテクスト

1. Affergan (Francis), *Exotisme et altérité : Essai sur les fondements d'une critique de l'anthropologie*, Coll. « Sociologie d'aujourd'hui », Paris: P. U. F, 1987.
2. 浅井香織『音楽の〈現代〉が始まったとき——第二帝政下の音楽家たち』, 中央公論社, 1989 年。
3. Artaud (Antoine), *Les Cenci* (créée le 7 mai 1935), in *Œuvres Complètes*, t. IV, nouvelle édition revue et augmentée, Gallimard, 1978.
4. Autin (Jean), *Prosper Mérimée, écrivain, archéologue, homme politique*, Paris: Perrin, 1983.
5. Bakhtine (Mikhaïl), *La Poétique de Dostoievski* (1929, éd. corrigée 1963), traduction française par I. Kolitcheff, Seuil, 1970.
6. Barthes (Roland), *Sur Racine*, Seuil, 1963 ; in *Œuvres Complètes*, t. I, Ed. du Seuil, 1993.
7. Barthes (Roland), *Eléments de sémiologie* (1965), à la suite du *Degré zéro de l'écriture*, Paris: Ed. Denoël Gonthier, 1965 ; in *Œuvres Complètes*, t. I, Ed. du Seuil, 1993.
8. Barthes (Roland), « L'effet de réel » (1968), in *Essais critiques*, IV, Ed. du Seuil, 1984; in *Œuvres Complètes*, t. II, Ed. du Seuil, 1994.
9. Beauvoir (Simone de), *Le Deuxième Sexe*, t. I, Collection « Idées », Gallimard, 1949.
10. Benveniste (Émile), *Problèmes de linguistique générale*, t. I, Gallimard, 1966.
11. Billy (André), *Mérimée*, Coll « Les Grandes Biographies », Flammarion, 1959.
12. Bizet (Georges), *Carmen*, Opéra en quatre actes, tiré de la nouvelle de Prosper Mérimée, Poème de Henri Meilhac et Ludovic Halévy, Musique de Georges Bizet (3 mars 1875), Coll. « L'Avant-Scène Opéra », N° 26, Paris: Ed. Premières Loges, 1989.（台本以外に T. Berganza, J.-L. Martinoty, J.-A. Ménétrier, B. Pinchard その他の記事や資料をふくむ）。
13. Brombert (Victor), *Flaubert par lui-même*, Seuil, 1971.
14. Butor (Michel), *La Modification* (1957), Collection 10 / 18, Paris: U.G.F., 1970.
15. Calef (N.) et autres, *Espagne*, Coll. « Les Guides Modernes Fodor »,

Paris: Vilo, 1967.
16. Camus (Albert), *L'Étranger* (1942), in *Théâtre, Récits, Nouvelles*, Préface par Jean Grenier, textes établis et annotés par Roger Quilliot, « La Pléiade », Gallimard, 1962.
17. Chinard (Gilbert), *L'Amérique et le rêve exotique dans la littérature française du XVIIe et XVIIIe siècle* (1913), Genève: Slatkine Reprints, 1970.
18. Darcos (Xavier), *Prosper Mérimée*, Coll. « Les Grandes Biographies », Flammarion, 1998.
19. Denis (S.), Pompidon (L.), Maraval (M.), *Dictionnaire Espagnol Français*, Hachette, 1968.
20. Dubé (Pierre H.), *Bibliographie de la critique sur Prosper Mérimée, 1825–1993*, Genève: Droz, 1997.
21. Dubois (Jean), dir., *Lexis*, Paris: Larousse, 1979 / 1989.
22. Dubois (J.), Giacomo (M.), Guespin (L.), Marcellesi (C.), Marcellesi (J.-B.), Mével (J.-P.), *Dictionnaire de linguistique*, Paris: Larousse, 1973.
23. Ducrot (Oswald) et Todorov (Tzvetan), *Dictionnaire encyclopédique des sciences du langage*, Seuil, 1972.
24. Dufrenne (Mikel), *Phénoménologie de l'expérience esthétique*, t. I, P. U. F., 1953.
25. Dumas (Alexandre), *Vingt ans après* (1845), in *Les trois mousquetaires et Vingt ans après*, « La Pléiade », Gallimard, 1962.
26. Escarpit (Robert), « Succès et survie littéraires », in *Le littéraire et le social*, Collectif, Flammarion, 1970.
27. Faguet (Émile), « Prosper Mérimée », in *Dix-neuvième siècle, Études littéraires*, Paris: Boivin & Cie, Avant-propos daté de Juillet 1889.
28. Flaubert (Gustave), *Dictionnaire des idées reçues* (1911), Bordeaux: Le Castor Astral, imp. 1990.
29. Freud (Sigmund), *Malaise dans la civilisation* (1929), traduction française Ch. et J. Odier, P. U. F., 1971.
30. Freustié (Jean), *Prosper Mérimée (1803–1870): Le nerveux hautain*, Hachette, 1982.
31. Gauguin (Paul), *Noa-Noa* (1893), in *Oviri, écrits d'un sauvage*, choisis et présentés par D. Guérin, Coll. « Idées », Gallimard, 1974.
32. Gautier (Théophile), *Avatar* (1856), in *Récits fantastiques* (I, N° 19).
33. Genette (Gérard), *Figures II*, Seuil, 1969.

参考文献   137

34. Genette (Gérard), *Seuils*, Seuil, 1986.
35. Grand (Anne-Marie), *Victor Segalen : Le moi et l'expérience du vide*, Paris: Méridiens Klincksieck et Cie, 1990.
36. Guillaume (Gustave), *Leçons de linguistique, 1948–1949*, Série C « Grammaire particulière du français et grammaire générale » (IV), publiées par Roch Valin, Québec: Les Presses de l'Université Laval / Paris: C. Klincksieck, 1973.
37. Jakobson (Roman), « La nouvelle poésie russe » (1921), Extraits traduits par T. Todorov, in *Questions de poétique*, Seuil, 1973.
    ――「最新ロシア詩」, 新谷・磯谷編訳『ロシア・フォルマリズム論集』, 現代思潮社, 1971 年所収。
    ――「最も新しいロシアの詩」(北岡誠司訳), 水野忠夫編『ロシア・フォルマリズム文学論集』第一巻, せりか書房, 1982 年所収。
38. Jakobson (Roman), *Essais de linguistique générale*, t. I, traduction fr. Nicolas Ruwet, Paris: Minuit, 1963.
39. Jourda (Pierre), *L'Exotisme dans la littérature française depuis Chateaubriand*, t. I « Le Romantisme » (1938), t. II « Du Romantisme à 1939 » (1956), Slatkine Reprints, 1970.
40. 川端康成『抒情歌』(1932 年)。
41. Loti (Julien Viaud, dit Pierre), *Aziyadé, Le Mariage de Loti, Le Roman d'un spahi, Mon frère Yves, Pêcheur d'Islande, Madame Chrysanthème, Ramuntcho, Les Désenchantées*, Préface de C. Gagnière, Coll. « Omnibus », Paris: Presses de la Cité, 1989.
42. Malinowski (Bronislaw), *Journal d'ethnographe* (1967), traduction de l'anglais par T. Jolas, Seuil, 1985.
43. Mounin (Georges), *Introduction à la sémiologie*, Minuit, 1970.
44. 中村栄子「ビュフォンの文体をめぐって――文体に関する思想の変遷」, 西南学院大学「フランス語フランス文学論集」第 25 号, 平成 2 年。
45. 夏目漱石『草枕』(1906 年), 現代日本文學大系 17『夏目漱石集』一, 筑摩書房, 昭和 43 年。
46. 法月綸太郎『二の悲劇』(1994 年), 祥伝社, 1997 年。
47. Paulhan (Jean), « Un primitif du roman: Duranty » (1942), in *Œuvres Complètes*, t. IV, Paris: Cercle du Livre Précieux, 1969.
48. Paulhan (Jean), « Alain, ou la preuve par l'étymologie » (1953), in *Œuvres complètes*, t. III, Cercle du Livre Précieux, 1967.
49. Propp (Vladimir), *Morphologie du conte* (1928, 2e éd. 1969), trad.

française par M. Derrida, Seuil, 1970.
50. Renan (Ernest), *L'Avenir de la science — Pensées de 1848 —* (1890), Calmann-Lévy, 1923.
51. Robbe-Grillet (Alain), *Pour un nouveau roman*, Les Éd. de Minuit, 1963.
52. Robert (Paul), *Le Petit Robert*, Paris : SNL Le Robert, 1967.
53. Sand (Aurore Dupin, dite George), *Indiana* (1832), Calmann-Lévy, 1924.
54. Sarraute (Nathalie), *L'Ère du soupçon — essais sur le roman*, Gallimard, 1956.
55. Sartre (Jean-Paul), *L'Etre et le néant : essai d'ontologie phénoménologique*, Gallimard, 1943.
56. Sartre (Jean-Paul), *Qu'est-ce que la littérature?*, in *Situations II*, Gallimard, 1948.
57. Segalen (Victor), *Essai sur l'exotisme* (1955), Montpellier : Fata Morgana, 1978.

—— *Essai sur l'exotisme : une esthétique du divers* et *Textes sur Gauguin et l'Océanie*, précédé de « Segalen et l'exotisme » par Gilles Manceron, Paris : L. G. F., 1986.
58. Stendhal (Henri Beyle, dit), « Les Cenci. *1599* » (1837), in *Chroniques italiennes* (1855), Romans et nouvelles, « La Pléiade », Gallimard, 1947.
59. Suematsu (Hisashi), « Lire *les Pensées* : la relation binaire comme invariant », in *Études de Langue et Littérature françaises*, N° 46, Tokyo : Hakusuisha, 1985.
60. 末松壽「『パンセ』とメタテクスト——未完成エクリテュールの徴候についての試論」, (1) 山口大学「独仏文学」第7号, 1985年, (2) 山口大学「文学会志」第36巻, 1985年, (3) 山口大学「独仏文学」第8号, 1986年。

——« *Les Pensées* et le métatexte : essai sur les symptômes de l'écriture inachevée », in *Equinoxe*, N° 1, Kyoto : Rinsen-Books, 1987.
61. 末松壽『«パンセ»における声』, 九州大学出版会, 1990年5月。
62. 鷲見洋一「放蕩と処罰——ドン・ファン論」,「三田文学」第20号, 1990年2月。
63. Todorov (Tzvetan), *Nous et les autres : la réflexion française sur la diversité humaine*, Seuil, 1989.
64. Trahard (Pierre), *Prosper Mérimée et l'art de la nouvelle* (1923), Paris : Nizet, 3ᵉ éd., 1952.
65. Valéry (Paul), *Variétés II*, Gallimard, 77ᵉ éd. 1930.

66. Yaguello (Marina), *Alice au pays du langage : pour comprendre la linguistique*, Seuil, 1981.

初出一覧

　本書は以下の論文集に発表された最初の論考（1–6）を十年を経て（時あたかもメリメ生誕 200 年祭）増補改訂したものである。

(1) 山口大学独仏文学研究会「独仏文学」第 12 号，1990 年，11–32 頁。
(2) 山口大学文学会「文学会志」第 42 巻，1991 年，71–85 頁。
(3) 山口大学独仏文学研究会「独仏文学」第 14 号，1992 年，1–18 頁。
(4) 山口大学文学会「文学会志」第 43 巻，1992 年，117–132 頁。
(5) 九州大学フランス語フランス文学研究会「ステラ」第 13 号，1994 年，1–20 頁。
(6) 同上第 15 号，1996 年，49–69 頁。

著者略歴

末松　壽（すえまつ・ひさし）

1939 年生まれ。
九州大学大学院修士課程修了（フランス文学）
パリ大学博士（哲学）
西南学院大学，山口大学を経て
1993 年，九州大学教授
2003 年 3 月，定年退官
主要著書
　La Dialectique pascalienne　（西南学院大学）
　『パンセ』における声　（九州大学出版会）
主要訳書
　川端康成『山の音』『伊豆の踊子』の仏訳（共訳）（アルバン・ミシェル社）
　アンドレ・マソン『寓意の図像学』（白水社）
　ロベール・エスカルピ『文字とコミュニケーション』（白水社）
　ヴィクトール・セガレン『記憶なき人々』（国書刊行会）

メリメの『カルメン』はどのように作(つく)られているか
──脱神話のための試論──

2003 年 4 月 25 日　初版発行

　　著　者　末　松　　　壽
　　発行者　福　留　久　大
　　発行所　（財）九州大学出版会
　　　　〒812–0053　福岡市東区箱崎 7-1-146
　　　　電話　092-641-0515（直通）
　　　　振替　01710-6-3677
　　　　　印刷・製本　研究社印刷株式会社

© 2003 Printed in Japan　　　　ISBN 4-87378-777-7

『パンセ』における声
登場人物はいかにして生まれるか
もしくは
《不純》理性言説批判への序説

末松 壽 著

四六判・176 頁
本体 2,200 円（税別）

　パスカルが『護教論』において直面した説得という最大の問題を解明するために，その独特の手法である内的読者の析出からはじめて，ついには彼のモノロジックな文章観の破綻─他者の声の解放─にいたる言説生成のプロセスをたどる。著者は『パンセ』を特権的なテクストとして，現代における文学批評の地平──言語学，修辞学，説話学，哲学──を展望する。

＝主要目次＝

第一章　《人間》を見る人間
　　一　記述の対象としての《人間》
　　二　説得の標的としての人間
　　三　テロリストの文彩
第二章　展　　望
　　一　古典修辞学
　　　1　言説の三つの機能
　　　2　覚書─『キリスト教の教義』から『新旧対比』へ
　　二　ポール・ロワイヤル版《序文》─《登場人物》
第三章　対話そして/または独白
　　一　独白から対話へ
　　二　アポロジストと登場人物との対話
　　三　対話から独白へ
結びにかえて
前望的仮設─《神を探すべく促すための書翰》

九州大学出版会